KB043196

결제의 희열

한재동 지음

결제의 희열

눌와

프롤로그

'취미는 쇼핑.'

절박한 취준생 시절, 백화점에 취업하겠답시고 '이력서 취미란에 쇼핑이라고 쓰면 뽑아주지 않을까?'라고 생각했다. 특기라고 하기에는 아무래도 머쓱하고, 취미 정도면 귀엽게 봐줄 것 같았다. 친구들이 말리지 않았다면 정말 그렇게 썼을지도 모를 일이다.

쇼핑이 취미라고 할지라도 백화점에서 일하게 될 줄은 상상하지 못했다. 직업 덕에 명품은 물론이거니와 지하 식품관에서부터 꼭대기층 레스토랑까지 백화점의 모든 브랜드를 줄줄 외우게 되었다. 아마도 밥벌이의 위대함 덕분이다. 아는 만큼 보인다는 말은 쇼핑을 위해 만들어진 말이 분명하다. 백화점에서 일하며 쇼핑에 더욱 재미를 느껴버렸고, 나의 결제들이 본격적으로 시작됐다.

좋아하는 것과 직업이 일치하면 안 된다는데, 쇼핑은 예외였나 보다. 일은 지긋지긋했지만, 일터인 백화점을 돌아다니는 것이 좋았다. 직장이었던 압구정과 삼성동의 백화점은 물론, 경쟁사와 유명 쇼핑몰까지 웬만한 곳은 플로어 가

이드를 그릴 수 있을 정도로 다녔다. 월급 받고 하는 일이었지만, 한편으로는 사심 가득한 취미 생활이었다.

수많은 물건이 매일 눈앞에 보이니 내 안의 물욕이 무럭무럭 자라났다. '5대 명품'이니, '세계 3대 슈트'니 하는 말에 눈길이 갔다. 백화점 마케팅이라는 게 고객의 지름신을 소환하는 것이 목표인데, 나는 내가 쓴 마케팅 문구에 스스로 당하고는 했다. '30대 도시 남자의 시계' 따위의 제목을 달고는 그 시계를 사러 갔다. 입사 초기에는 거의 월급을 물건으로 받는 수준이었다. 통장에 회사 이름으로 입금됨과 동시에 회사 이름으로 그대로 출금되었다.

쇼핑 앱을 켰다가 아이쇼핑만으로 몇 시간을 순삭하기 일쑤였고, 좋아하는 브랜드들의 신제품 출시 계획도 줄줄 꿰고 있었다. 신용카드 포인트 혜택부터 백화점 상품권 행사까지 이왕이면 저렴하게 사기 위한 모든 방법에 통달했으며, 마감이 임박한 할인 쿠폰을 (굳이 안 사도 되는 걸 사서) 기한에 맞춰 아슬아슬하게 사용할 때는 희열을 느끼기도 했다.

매일 쇼핑센터로 출근해 쇼핑에 관련된 일을 하면 쇼핑이 지겨울 수도 있으련만, 쇼핑은 늘 새롭고 결제는 짜릿했다. 이제는 정말 취미가 쇼핑이라고 해도 찔릴 구석은 없겠다.

그렇다고 내가 '완벽한 쇼핑을 하는 법' 따위를 아는 것은 아니다. 그간 물건을 사며 느꼈던 즐거움만큼 후회도 많았다. 그럴 때마다 '다신 이런 거 사지 말아야지' 하고 다짐하지만, 인간의 욕심은 끝이 없고 같은 실수를 반복한다. 앞으로도 후회를 불러일으킬 것들을 수두룩하게 살 것이다.

그런데 아이러니하게도 샀던 것들에 대한 후회만큼, 살까 말까 고민하다가 안 샀던 것들에 대한 아쉬움도 많다. '그때 그걸 샀어야 했는데…'라는 아련한 감정이랄까. '그럼 대체 어쩌라는 거야?'라고 생각하실 분들을 위해 나름 쇼핑 좀 했던 백화점 직원으로서 드리는 꿀팁은 이거다.

"살까 말까 고민될 때는 사세요."

추천의 글

모든 쇼핑엔 이유가 있다. 하나같이 기막히게 그럴싸하다. 내가 나를 설득해야 지갑을 열고 카드를 긁을 수 있으니 최선을 다해 이 지름의 당위성을 찾아다 들이미는 것이다. 꼭 필요한 생필품을 살 땐 이렇게까지 열심이지 않다. 없어도 사는 데 전혀 지장 없지만 그래도 갖고 싶은 것, 내 기분을 좋게 만들어줄 것에 최선을 다한다. 내 쇼핑에만 그럴리 없다. 남의 쇼핑을 참견하고 구경하는 즐거움도 만만찮다. 그게 백화점 직원의 장바구니라면? 말 다 했지! 이 책엔 나보다 먼저, 나보다 많이 산 사람의 성공담과 실패담이 가득하다(저자에겐 미안하지만, 실패담이 더 재미있다). 친한 친구가 내 옆에 착 붙어 소곤거리는 것 같다. 저거 딱이네, 얼른 사. 저건 곧 세일 들어갈 것 같으니 기다려봐, 소곤소곤. 독자 여러분도 아마 나처럼 책을 읽는 사이사이 휴대폰을 집어 들고 저자가 소개하는 물건을 검색하게 될 것이다.

신예희

《돈지랄의 기쁨과 슬픔》 저자

'쇼핑'으로 행복해질 수 있을까? 이 책은 쇼핑의 희열이 생각보다 깊고 진하다는 것을 알려준다. 물건을 공들여 고르고, 그럴듯한 이유를 덧붙이고, 혼자만의 만족감에 뿌듯해하는 저자를 보면 그렇다. 이 희열은 외롭지도 않다. 선물받을 사람을 떠올리며 미소 짓고, 반려자와 머리를 맞대 고민하고, 그 물건에 너와 나, 우리의 추억이 깃든다. 이 희열은 성공만을 의미하지도 않는다. 광고에 홀려 샀다가 호구가 되어도, 괜한 허세에 쓰지도 않을 물건을 사도 그때 그 선택엔 나름의 이유가 있었다. 혼자여도, 함께여도, 그것이 실패라 할지라도 잘 사며 잘 살고 싶다는 희열 가득한 의욕이 이 책에서 샘솟는다.

박선영

CBS PD, 《말하는 몸》 공저자

차례

4 프롤로그

7 추천의 글

저, 백화점 직원인데요

15 멋쟁이 선배의 각 잡힌 셔츠의 비밀: 셔츠

21 혜택인가 함정인가: 직원 할인

26 부드러운 터치감을 위해서라면야: 스테이플러

31 비싼 화장품 말고 손거울부터: 피부 관리

37 명품은 왜 1층에 있을까?: 백화점 공간 배치의 비밀

41 예비 신랑의 센스를 알아보자: 명절 선물

47 장인은 연장 탓을 하지 않는다지만: 노트북

53 깔끔한 책상도 능력이다: 모니터 받침대

나의 쇼핑 잔혹사

61 이럴 수가, 내가 호구라니: 크라우드펀딩 묵시록

66 20년 요요의 역사: 다이어트 쇼핑

71 그냥, 이 브랜드가 가지고 싶었습니다: 명품 브랜드

75 '존버'한다고 다 '뉴트로'가 되는 건 아니다: 청재킷

79 명품 시계 못 살 바에야 차라리: 스마트폰과 스마트워치

85 허락보다 용서가 쉽다: 유부남 게임기 구입기

91 예쁜 쓰레기라도 좋아: 굿즈의 세계

지극히 사적인 쇼핑

99 구두의 완성은 끈 처리: 구두

105 어른이 된다는 것: 면도기

111 땀 흘리는 남자가 모두 섹시한 것은 아니다: 냄새 관리용품

117 털을 위한 쇼핑은 있다: 털 관리용품

122 디자인이냐 안전함이냐: 스마트폰 케이스

127 보닛은 못 열어도 자동차는 꾸미고 싶어: 차량용품

133 잠 못 이루는 밤에: 수면용품

슬기로운 가정생활

141 벌레와의 전쟁, 무기가 필요해: 방충용품

147 집 욕실을 호텔처럼: 수건

152 우리 집에서 가장 오래된 것: 시계

157 설거지도 아이템빨: 설거지용품

162 인생 최대 쇼핑 찬스: 혼수 가전

166 작은 집들을 위한 시: 슬라이딩장과 액자형 테이블

170 배보다 배꼽이 더 클 때: 리필용 호환제품

176 쟁여놓는 재미가 있다: 과자 쇼핑

가심비와 가성비 사이

183 Just buy it!: 나이키

189 가성비 청바지 구입기: 홈쇼핑

195 숨겨왔던 패셔니스타의 꿈: SPA 브랜드

200 이 뿌듯함은 뭘까?: 당근마켓

206 구경만 하러 갔다가 뭐라도 집어 온다: 이케아

211 재벌 2세처럼 쇼핑해도 3만 원: 다이소

저, 백화점 직원인데요
SHOP

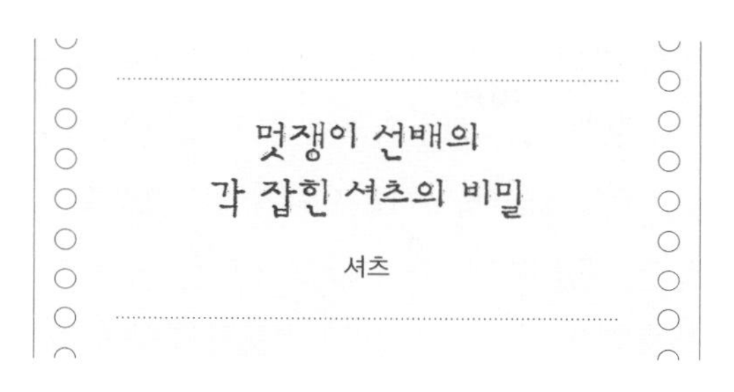

백화점에 신입사원으로 첫 출근을 일주일 앞둔 날, 어머니 손에 이끌려 동대문 맞춤 정장 집에 갔다. 동대문에선 직접 원단을 떼다 저렴하게 양복을 맞춰준다는 말에 흰색 셔츠 몇 장과 검은색 정장을 주문했다. 출근 전날 옷을 받아보니 생각보다 넉넉했다. 아마도 일하면서 불편하지 않게 해달라는 어머니의 요청 덕분이었겠지만, 누가 봐도 아빠 옷 급히 빌려 입은 사회 초년생 꼴이었다.

이 양복은 생각보다 유용하게 잘 입었다. 백화점 일은 앞에서는 우아해 보일지 몰라도, 뒤에서는 상자 나르고 매대 옮기다 옷이 잘 찢어지는 업이었다. 특히 상의 한 벌에 바지 두 벌씩 맞춘 것은 어머니의 혜안이었다. 힘 써야 하는 일을 할 때 바지는 무릎이 닳고 가랑이 부분이 터지기 일쑤였기 때문이다.

고객을 만나는 직무의 직원은 넥타이를 갖춘 정장을 입었지만, 그렇지 않은 직무의 직원은 비즈니스 캐주얼을 입었다. 나는 후자였는데, 옷을 어떻게 입어야 할지 몰라 동대문에서 산 정장에 넥타이만 풀고 다니는 수준이었다. 특히 넥타이를 하지 않으니 셔츠의 칼라가 펄럭여서 영락없이 1980년대 영화 속 건달이었다. 그러던 어느 날, 모시던 임원과 복도에서 마주쳤고 옷에 대해 한 소리 듣게 되었다.

"너는 월급 어디다 쓰냐? 옷 좀 사 입어."

친밀감을 드러내는 장난 섞인 농담이었지만, 귀가 새빨개졌다. 사실 나도 다른 직원처럼 옷을 잘 입고 싶었기 때문이었다. 트레이닝복만 입고 다니던 대학 시절이 원망스러웠다. 영 패션센스에는 자신이 없었기에, 옆 팀의 차장님께 도움을 요청했다. 늘 깔끔하게 정리된 옷에 디자이너 같은 동그란 안경을 쓰고, 가끔은 과감한 색의 재킷을 입기도 하는 멋쟁이였다.

매일 멋쟁이 차장님이 입고 다니는 옷들을 눈여겨보았다. 당시에는 몰랐던 단어지만, OOTD(Outfit of the Day, 오늘의 패션)를 관찰한 것이다. 한 가지 신기했던 것은 칼라가 늘 고정된 것처럼 각이 잡혀 있는 것이었다. 가끔은 칼라 아래쪽에 단추가 달려 있기도 했다. 왠지 저 패션센스가 잘 정리된 칼라에서 시작되는 것 같은 느낌이었다. 나도 저런 칼라의 셔츠를 사면 멋쟁이 차장님처럼 될 수 있겠다고 생각했고, 바로 셔츠 매장으로 향했다.

"버튼다운 셔츠 말씀하시는 거예요?"

알고 보니 셔츠도 종류가 많았다. 칼라를 기준으로 보면, 일단 동대문에서 맞춘 셔츠는 가장 보편적인 레귤러 칼라였다. 멋쟁이 차장님이 입고 다니는 셔츠는 버튼다운 칼라였고, 영국 스타일이라고 불리는 와이드 칼라도 있었다. 슬림 칼라, 헨리넥 등 다양한 스타일이 있으나 나 같은 초보에게는 앞의 세 가지가 가장 접근하기 쉬웠다.

셔츠 매장 직원은 내게 요즘 잘 나가는 브랜드의 와이드 칼라 셔츠를 추천했다. 팔 길이도 어울리고 약간 푸른빛이 도는 셔츠였지만 내가 찾고 있는 버튼다운 셔츠는 아니었다. 그 브랜드엔 버튼다운 셔츠가 없었다. 다른 매장으로 가려는 내게 직원이 말했다.

"세탁소 가서 3000원만 주면 셔츠를 버튼다운으로 수선할 수 있어요."

물론 그 브랜드의 셔츠를 사진 않았다. 굳이 새 상품을 사서 수선하기보다는 처음부터 원하던 스타일의 셔츠를 사는 것이 더 좋았기 때문이다.

그 후로 백화점을 그만두기까지 셔츠만 백 벌 가까이 산 것 같다. 처음에는 백화점에 입점해 있는 신사복 브랜드

“셔츠 같은
기본 아이템일수록
작은 차이가
크게 느껴진다.”

나 셔츠 브랜드에서 주로 구매했지만, 나중에는 SPA 브랜드(대량생산과 유통 효율화로 저렴한 가격에 트렌디한 제품을 만드는 패션 브랜드)에서 구매하기도 했다. 무엇보다 가성비가 좋기 때문이었다.

멋쟁이 차장님의 SPA 브랜드 셔츠를 고르는 노하우를 하나 밝히자면, 바로 원산지를 보는 것이었다. 대부분의 SPA 브랜드 셔츠는 사실 'Made in China'가 많다. 그러나 가끔 스페인, 포르투갈, 모로코, 터키 등 면이나 패션으로 유명한 국가의 제품이 있다. 큰 차이가 있겠나 싶겠지만, 가격이 더 높게 책정되어 있고 착용감도 좋다고 했다. 그런 제품들을 1년에 두 번 정도 있는 시즌오프 기간에 구매하면 가격 면에서 혜택을 많이 볼 수 있었다.

셔츠 구매의 또 다른 노하우는 자신에게 맞는 브랜드와 사이즈를 정리해 두는 것이다. 세상 모든 사람의 체형이 다르듯이, 브랜드마다 팔 길이와 어깨 너비 등이 다르다. 셔츠를 많이 구매하다 보니 나름의 브랜드별 쇼핑 매뉴얼이 생겼다. A브랜드는 슬림핏L 사이즈, B브랜드는 레귤러핏XL 사이즈 하는 식으로 말이다. 그러면 실패 확률이 낮아진다.

옷장을 빽빽하게 채웠던 백여 벌의 셔츠 중에 지금은 반이 채 남지 않았다. 지금 다니는 회사에선 정장을 입지 않아 셔츠를 새로 사지 않아도 되기 때문이다. 셔츠는 소모품에 가깝기 때문에 이물질이 묻거나 칼라나 소매 부분이 해져서 버리는 경우가 많다. 그러니 코트나 액세서리와는 달리 고가의 명품보다는 가성비 좋은 것을 여러 장 구매하길 추천한다. 꼬깃꼬깃하고 칼라나 소매에 얼룩이 묻은 명품 브랜드 셔츠보다는, 저렴하더라도 빳빳한 셔츠를 입은 사람이 더 귀티 나 보이니까.

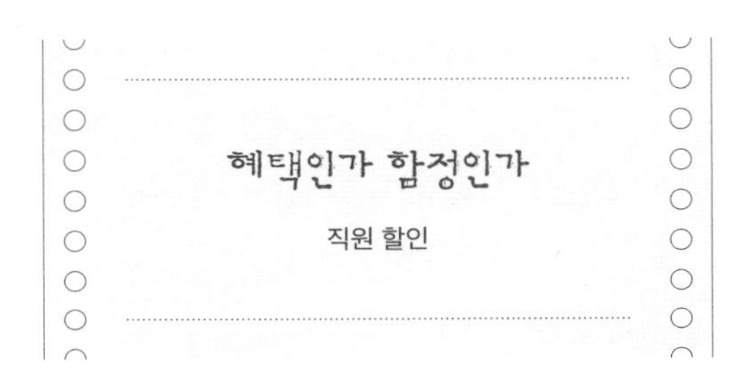

혜택인가 함정인가

직원 할인

백화점 다니면 가장 좋은 게 뭐냐고 묻는다면 단언컨대 직원 할인이라고 답할 것이다. 가장 많이 받았던 질문도 직원 할인이 되냐는 것이었다. 공식적으로 10퍼센트 할인이 된다고 하면 다들 탄성과 함께 부럽다고 하는데, 명품은 제외라고 하면 '에이, 그게 뭐야'라는 반응이 돌아온다. 나도 백화점에서 일할 때 경쟁사는 직원 할인이 20퍼센트까지 되고 스타벅스 할인도 되는데 우리는 이게 뭐냐고 불평했지만, 나오고 나니 그마저도 감지덕지였다.

이렇게 사내복지로 제공되는 직원 할인 말고도 비정기적으로 열리는 직원 할인 행사들이 있었는데, 이런 행사가 바로 득템 찬스였다. 할인율이 50퍼센트 이상이었기 때문이다. 물론 사람들이 줄을 서는 명품 브랜드가 와서 할인 행사를 하진 않았다. 그렇다면 어떤 브랜드들이 백화점 직원을 대상으로 할인 행사를 했을까? 새로 런칭하는 브랜드가 매출을 올리기 위해, 혹은 반대로 퇴점할 때 재고 처리를 위해 하는 경우가 많았다. 그래서 이런 할인 행사에 나오는 브랜드는 생소한 것이 대부분이었다. '아는 사람만 아는 이탈리아 수제 소가죽 구두 브랜드'라는 식으로.

내가 가장 좋아하는 직원 할인 행사는 백화점이 직접 매입한 상품을 재고 처리하는 것이었다. 반값은 기본이고, 최고 90퍼센트까지 할인하는 경우도 있었다. 해당 상품들을 매입한 바이어들의 마음이야 좋지 않았겠지만, 이런 때야말로 눈썰미 좋은 바이어들이 심혈을 기울여 고른 상품을 저렴하게 구입할 수 있는 찬스였다. 50만 원이 넘는 가죽가방 등을 5만 원에 구매한 적도 있었다. 이럴 때는 보통 충동구매를 하고 말았다.

보통은 내가 쓸 물건을 샀지만, 직원 할인 행사 때는 주변 사람 것까지 챙기곤 했다. 엄마, 아빠를 위한 것은 기본이고 동생, 심지어 매제의 가방까지 사본 적이 있다. 굉장히 유니크한 디자인의 가방(의사의 왕진가방처럼 틀이 잡힌 사각 모양의 가죽가방)이었는데 멋쟁이 매제에게 어울릴 것 같아 선물했다. 생일도 아닌데 말이다. 충동구매의 끝판왕 격이라고 할 수 있겠다.

의류, 잡화, 식품 등 보통 한 주에 한 번꼴로 직원 할인 행사가 있었는데, 늘 출석 도장 찍으니 같은 팀 동료는 나를 직원 할인 행사의 VIP라고 놀릴 정도였다. 이렇게나 직원 할인 행사를 좋아했던 이유는 바이어들이 고른 물건과 브랜드여서, 즉 큐레이션된 상품이라 신뢰가 갔기 때문이었다. 쇼핑을 직업으로 가진 안목 높은 양반들이 골랐다는데, 다 그럴 만한 이유가 있을 거라고 생각했다. 지금 생각하면 선택을 남에게 맡겨버린 꼴이지만 말이다.

직원 할인 행사는 가끔 애매한 상황을 만들기도 했다. 예를 들면, 내가 먼저 골랐는데 상사가 와서 내 물건을 눈독들일 때도 있었다. 어떻게 했냐고? 당연히 양보했다. 물론 개인적인 판단이니 다른 분들의 의견은 다를 수 있다. 나와 체형이 비슷해 셔츠 사이즈가 겹치는 차장님과는 사이즈 라이벌이기도 했다. 둘 다 제일 큰 사이즈의 옷을 입었는데, 사이즈가 귀해서 나중에는 셔츠 행사가 있으면 알아서 남겨두고 사 가기도 했다.

한번은 독특한 디자인의 갈색 패딩을 샀는데, 다음 날 출근길에 나와 같은 패딩을 입은 사람들 한 무더기가 나타났다. 평범한 스타일의 옷이었다면 상관없었을 것 같은데 디자인도 색상도 특이하다 보니 너무 웃겼다. 바로 중고거래로 팔아버렸다.

직원 행사는 임직원이라는 내부 고객을 대상으로 하

"백화점 직원 할인 행사에선
베스트셀러보다는 유니크한 디자인의
상품을 구할 수 있다."

는데, 이것을 이용해서 회사가 직원 상대로 너무 속 보이는 짓을 하는 경우도 있었다. 언젠가 회사에서 직원들의 복장 기강이 해이해졌다며 지침을 공지한 적이 있다. 동시에 백화점 의류 매장에 직원 할인 행사를 하니 가서 사라는 공지도 떴다. 이때는 정말 실소가 나왔다. 안 그래도 월급을 물건으로 받는 수준으로 쇼핑을 하고 있는데 이렇게 노골적으로 직원들 지갑을 털려고 하다니, 너무하는 거 아닌가.

백화점을 그만두고 나서는 직원 할인 행사가 없어 아쉽기는 한데, 사는 데는 아무 지장이 없다. 눈앞에서 높은 할인율로 현혹하는 물건들을 볼 때는 안 사면 손해를 볼 것 같았는데, 사실 필요가 없는 물건이었던 거다. 이제는 내가 그것들을 진짜 원해서 산 것인지, 압도적인 할인율에 넘어가서 산 것인지 헷갈린다. 지금 와서 생각하니 정말 최고의 직원이었다. 일해서 월급 받으면(야근도 많이 했는데), 그 월급 다시 회사에 고스란히 가져다 바치는 착한 머슴.

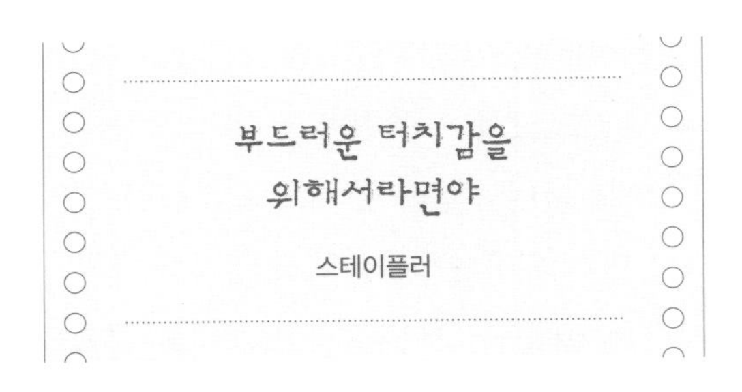

드라마나 영화 속 주인공이 일하는 장면은 하나같이 멋지다. 비루한 내 밥벌이와 비교하면 SF영화를 보는 것 같다. 스크린 속의 사무실은 하나같이 깔끔하고 화려하며, 직원들은 복도를 뛰어다니고 열정적으로 키보드를 두들기고 있다. 멋지게 차려입은 사람들이 자유로이 회의를 하거나 오글거리는 프레젠테이션을 하는 장면으로 마무리되기 일쑤다. 나만 그런 건지 모르겠는데, 10여 년의 직장생활을 하면서 단 한 번도 그런 장면을 본 적이 없다.

브라운관 속 직장생활이 판타지라는 가장 큰 증거는 바로 주인공이 스테이플러를 쓰는 장면을 한 번도 보지 못했다는 점이다. 전자결재 등 업무 자동화와 온라인 협업 툴의 시대에 무슨 스테이플러냐고 할 수 있지만, 아직 A4용지와 스테이플러 등 사무용품 없는 사무실은 상상할 수 없다.

직장인은 하루의 절반을 사무실 자리에서 보내게 되는데, 침구만큼이나 손길이 많이 가는 것이 사무용품이다.

사실 사무용품을 내 돈 주고 사는 사람은 많지 않을 것이다. 보통 회사에서는 기본적인 사무용품을 갖춰놓는 경우가 많기 때문이다. 필요한 사무용품은 따로 신청하거나 부서에 배당된 사무용품 비용으로 구매하기도 한다. 하지만 지금 소개하려는 사무용품은 회삿돈이 아니라 내 돈을 주고 산 것이다.

바로 아까 말한 스테이플러다. 호치키스라고 불리는 경우가 많지만 사실 호치키스는 미국의 상표명에서 유래한 콩글리시이고 스테이플러가 맞는 표현이다. 사회생활을 시작하기 전에는 회사에서 스테이플러를 이렇게나 많이 쓰는지 몰랐다. 영화 〈광식이 동생 광태〉에 스테이플러 심 한 상자에 5000개가 들었고, 한 번 사면 죽을 때까지 다시 살 일 없다는 대사가 나온다. 다만 이 말에는 전제가 있다. 집에서만 쓴다는 것. 회사에서의 스테이플러 사용량은 상상 이상이다. 신입사원 시절 회의자료 취합을 담당했는데, 새로 채운 스테이플러 심을 한 번에 다 쓰기도 했다.

처음엔 어디서 굴러다니던 오래된 스테이플러를 사용했는데, 손목에 힘을 잔뜩 줘야만 간신히 작동할 정도로 뻑뻑하고 심이 막히기 일쑤였다. 그러다 임원실의 스테이플러

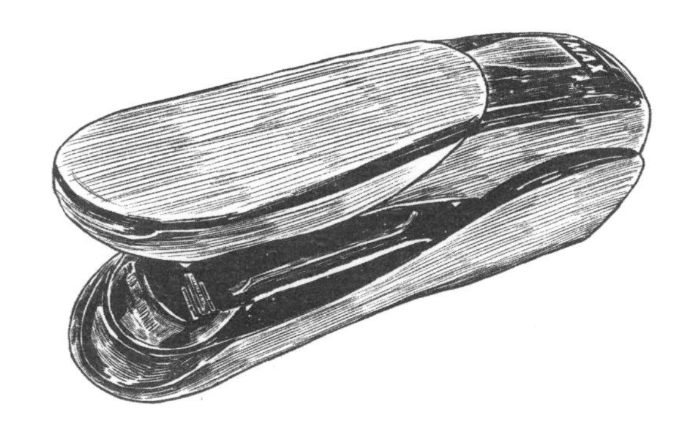

"독보적인 그립감,

단언컨대 가장 완벽한

스테이플러라고 할 수 있다."

를 써보게 되었는데, 이렇게나 부드러울 수가! 모든 것이 고급인 임원실의 스테이플러답게 정말 힘을 하나도 주지 않았는데 너무나 완벽하게 찍혔다. 바로 사무용품점에 가서 같은 스테이플러를 찾았다.

2만 원 정도 하는 가격이었다. '무슨 스테이플러가 이렇게 비싸지? 회사에서만 쓰는 건데 내 돈 들여 살 필요가 있을까?'라는 생각이 들었다. 하지만 하루 평균 다섯 번 정도를 사용한다고 치자. 그리고 주 5일에 52주를 곱해보자. 1년에 약 1300번가량 쓰게 된다. 1년만 일할 건 아니니까 5년이라고 쳐도 6000번이 넘는다. 2만 원에 무려 6000번의 부드러운 터치감을 살 수 있다.

내가 사장이라면 스테이플러 제 돈 주고 사는 직원을 예뻐할 것 같다. 우리 사장님이 날 예뻐했는지는 알 수 없지만, 내 돈 2만 원 주고 스테이플러를 샀다. 창피한 이야기지만 처음에는 누가 가져갈까 봐 서랍에 두고 쓰기도 했다. 나중에는 누군가 회의자료 준비하는 걸 보면 손 들고 나서서 스테이플러로 서류를 마구 찍어주었다. 직원들이 물어보면 부끄러움 없이 스테이플러계의 샤넬이라며 자랑까지 했다.

실과 바늘처럼 스테이플러에는 늘 곁에 있어야 하는 환상의 짝꿍이 있다. 바로 제침기다. 사실 없어도 큰 상관은 없다. 하지만 이미 철한 서류 중 일부를 교체할 때, 복사 또는 스캔을 할 때 등 스테이플러 심을 제거해야 하는 상황은 생각보다 자주 발생한다. 제침기가 없이 손으로도 충분히 할 수 있지만, 심에 손가락을 찔리거나 종이가 찢어지는 상황이 벌어지면 작은 일이지만 짜증이 난다. 안 그래도 짜증 나는 일 많은 밥벌인데 작은 스테이플러 심까지 짜증을 유발하면 안 되니 제침기를 추천한다.

제침기는 여러 형태가 있는데 대표적으로 집게형, 펜형, 슬라이딩형으로 나뉜다. 사실 성능은 다 비슷비슷한 것 같고 이왕이면 자기 손에 맞는 것을 사길 추천한다. 나는 집게형을 쓰고 있는데, 심을 제거할 때마다 영화 〈가위손〉의 에드워드가 된 것 같은 기분이 든다. 하지만 집게형은 종이를 자주 찢어먹는다는 치명적인 단점이 있으니 유의하기 바란다.

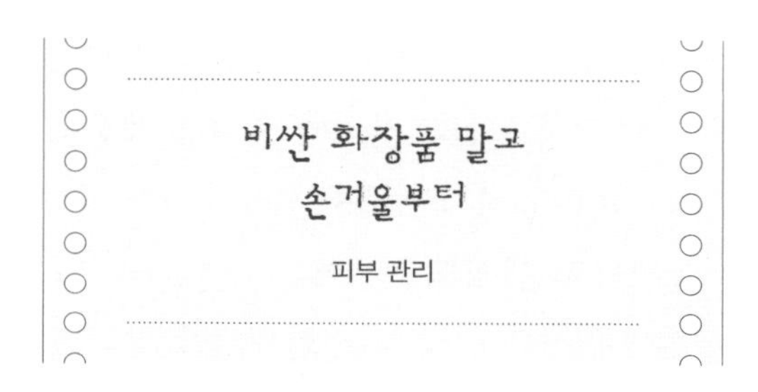

비싼 화장품 말고 손거울부터

피부 관리

분명 중학생 때까지는 피부가 괜찮았다. 그런데 고3 수험생활을 하며 본격적으로 여드름이 나기 시작하더니, 걷잡을 수 없이 퍼져나갔다. 주변 친구들 모두가 여드름이 났지만, 그 누구도 외모에 관심이 없던 시절이었다. 내 취미는 손으로 여드름 짜기였다. 피부과 의사가 들으면 기겁을 할 이야기다. 대학생 때는 늘 취해 있어 얼굴이 발그레한 탓에 피부에 신경 쓸 틈도 없었다.

피부 관리에 대해 처음 생각하게 된 건 놀랍게도 군복무 시절이었다. 아침이면 늘 관물대에서 무언가를 꺼내 얼굴에 정성스럽게 바르던 전우가 있었기 때문이다. 시간과의 싸움이 가장 힘들던 그 시절, 뭐라도 재미있는 게 없을까 주위를 둘러보던 차에 피부에 애정을 쏟는 그 녀석이 보인 것이다. 사실 그는 피부가 좋은 편이 아니었다. 그런데도 늘 아침저녁으로 적어도 화장품 세 가지 이상을 얼굴을 정성스레 발랐다. 스킨과 로션만 있는 줄 알았던 세상에 참 많은 '바를 거리'가 있었다. 하지만 얼마 지나지 않아 나는 군대를 제대했고, 자연스레 관심도 멀어졌다.

백화점에 입사해 어느 정도 회사 욕도 하는 여유가 생겼을 무렵, 유명한 피부과 의사가 예능프로에 나와 남자도 선크림만 제대로 발라도 피부가 좋아진다고 이야기해 화제가 됐다. 쉽고 단순한 목표를 받은 많은 직장인 남성이 선크림을 사기 시작했다. 하지만 그마저도 습관 들이기가 쉽지 않았다. 하루 이틀 선크림 바르기를 까먹고, 결국은 원상태로 돌아오고 말았다. 나의 작심삼일을 보던 동료가 혀를 끌끌 찼다. 그로 말할 것 같으면 신입사원 때부터 책상 위에 미스트를 갖추고 틈만 나면 뿌려 화제의 중심에 있던 인물이었다. 물론 그의 피부는 하얗고 깨끗했다.

"비결이 뭐야?"

답은 즉각적으로 나왔다.

"수분, 보습과 탄력 관리."

무슨 말인지 모르겠다는 듯 어리둥절해 있는 내게 그는 설명을 시작했다.

30대부터는 안티에이징을 목적으로 피부를 관리해야 한다. 그러려면 피부를 촉촉하게 유지해야 하는데, 이를 위해 스킨을 바르는 게 중요하다. 다만 스킨만 쓰면 안 되고, 그 위에 막을 덮어서 수분이 나가는 걸 방지해야 피부가 편안해진다. 그게 바로 보습이다. 로션이나 크림을 바르는 것이 좋은데 피부가 건조한 사람은 적당히 점도가 있는 것, 유분이 많은 사람은 가벼운 젤 타입의 크림을 발라줘야 한다.

거울을 보면 왠지 모르게 늙은 것 같고 주름이 늘었다고 느끼면 밤에 탄력 관리를 해야 한다. 밤 10시에서 새벽 2시 사이는 피부가 재생되는 시간이다. 야근이나 술자리 때문에 시간이 없더라도 자기 전에 탄력, 주름 개선 기능성 크림을 바르는 것이 좋다. 아이크림까지 바르면 좋겠지만 잘 안 되는 거, 귀찮은 거 아니까 탄력 크림 하나만이라도 발라야 한다.

특히 남자 피부는 여자보다 두꺼워서 주름이 잘 티가 안 나지만, 안쪽부터 노화가 진행되고 있기 때문에 한 살이라도 어릴 때부터 탄력 관리를 하는 게 중요하다. 사소한 습관이지만 로션이나 크림 하나 더 바르는 것만으로도 시간이 지나면 큰 변화를 가져올 수 있다.

당시 나는 생일 선물로 받은 남성용 브랜드 화장품을 사용 중이었다. 이것저것 바르기 귀찮은데 마침 받은 선물이 로션과 스킨을 하나로 합친 것이었다. 그는 지금 사용하고 있는 것도 좋은 상품이지만, 가격대가 높으니 차라리 로

"뽀샤시한 셀카와 달리
거울은 지나치게 사실적이라 정신건강에는 해롭다.
하지만 그것이 피부 관리의 첫걸음이다."

드샵 화장품 중 기능이 좋고 저렴한 것을 사서 아끼지 않고 바르는 것도 좋다고 했다.

로드샵 화장품 브랜드 중에는 국내 굴지의 화장품 회사의 것이 있는데, 같은 회사의 다른 제품들과 같은 연구소에서 개발되어 같은 생산공정을 거친다는 것이다. 그래서 백화점에서 파는 고가의 화장품 브랜드와 크게 차이가 나지 않을 것이라고 했다. 물론 선택은 나의 몫이라는 말도 덧붙였다. 확실한 것은 고가의 기능성 화장품이든 저가 화장품이든 꾸준히 바르는 것이 중요하다는 것.

"그럼 뭐부터 사야 해?"

이번에도 그는 거침없이 답해 주었다.

"거울부터 사. 나는 남자들이 조금 더 거울을 더 보는 버릇을 들이고, 여자친구나 누나, 엄마가 사다 주는 남성용 '아무' 화장품이 아닌, 본인이 주체적으로 고른 화장품을 쓸 줄 알아야 한다고 생각해."

'거울을 어디서 사지?' 간결한 목표가 나의 쇼핑 본능을 자극했다. 생각해 보니 거울로 유명한 브랜드, '거울계의 샤넬', 이런 건 들어본 적이 없었다. 백화점을 한 바퀴 돌아봤다. 가구 코너에 있는 편집샵을 하나 발견했으나 화려한 디자인이 내가 찾던 소박한 것과는 차이가 컸다. 무엇보다 거울에 지출할 수 있는 내 비용 한계를 넘어섰다.

인터넷에서 찾아보니 싸고 재미난 것이 많았으나 쉽사리 결제창에 손이 가지 않았다. 무엇보다 몇천 원짜리 거울 사는데 3000원에 가까운 배송비를 결제하는 것이 내키지 않았다. “쇼핑의 끝은 다이소다”라는 말처럼 결국 다이소를 찾을 수밖에 없었다. 간단히 고를 수 있을 줄 알았는데 생각보다 종류가 많았다. 무엇보다 핸디형과 스탠드형을 두고 고민했는데, 작은 스탠드형 거울을 선택했다. 책상에 올려두고 얼굴에 뭐라도 찍어 바르려고.

지금 내 회사 서랍에는 접이식 스탠드형 거울이 숨어 있다. 당당히 책상에 올려둔 비타민과 유산균을 먹다가 몰래 올려두고 피부 상태를 한 번 본다. 그리고 늘 반성한다. 오늘 밤에는 꼭 크림을 바르고 자리라.

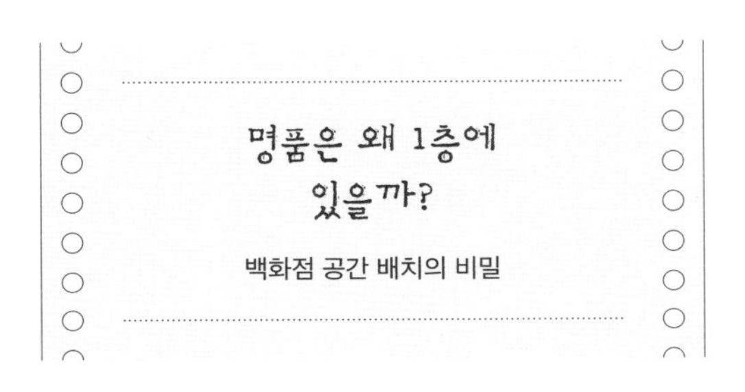

명품은 왜 1층에 있을까?

백화점 공간 배치의 비밀

우리나라 사람들은 3대 족발, 4대 협주곡 같은 식의 'n대 OOO' 이라는 이야기를 좋아하는 것 같다. 그래서 사람들이 백화점에 관한 이야기를 듣고 싶어 할 때 내가 해주는 이야기는 바로 백화점 3대 명품 이야기다. 3대 명품은 샤넬, 루이뷔통, 에르메스를 말하는데 사람마다 뒤에 구찌와 프라다를 넣거나 티파니, 불가리 등 주얼리 브랜드를 끼워 넣어 5대 명품이라고 하기도 한다. 저 순서는 매출에 따른 줄 세우기는 아니고, 대중의 선호도를 반영한 것 같다.

이런 명품들은 모두 1층에 위치한다. 백화점을 만든다고 상상해 보자. 백화점을 만들려는 사람들은 명품 브랜드 측에 입점해 달라고 요청을 할 것이다. 그리고 유치하고 싶은 브랜드에게 좋은 자리를 우선으로 배정할 것이다. 그곳이 바로 현재 백화점에서 명품 브랜드들이 자리 잡고 있는 위치다.

심지어 최상급 명품 브랜드들은 백화점도 지점마다 가려서 들어간다. 모든 백화점에 3대 명품 브랜드가 들어가 있진 않은 이유가 그것이다. 백화점은 보통 상권이 좋고 유동인구가 많은 곳에 있지만, 최상급 명품 브랜드들은 그중에서도 가장 고급 상권에 들어가길 원한다. 백화점끼리의 경쟁력은 여기서 차이가 난다. 이런 명품 브랜드들은 매출 기여도가 크기 때문에 백화점도 을의 입장으로 협상한다. 사람들은 보통 백화점이 갑이라고 하지만, 그 위에 갑 중의 갑이 있는 셈이다.

이렇게 명품들이 백화점에서 가장 목이 좋은 1층 자리를 차지하고 나면 그다음은 화장품과 주얼리가 채운다. 물론 백화점 매출에 도움이 되는 순서다. 그래서 층별 구성은 모든 백화점이 비슷하다. 1, 2층의 명품, 화장품, 주얼리를 지나면 3층부터는 여성의류, 그다음이 영패션, 남성의류, 아웃도어와 스포츠 의류 순이다. 의류 카테고리가 끝나면 가전, 식기 등 가정용품이 나오고, 거의 옥상쯤에 식당가나 문화센터가 있다. 위로 올라갈수록 방문 목적이 명확한 곳들이 배치된다. 고객들이 와야 할 목적이 뚜렷한 것들을 최대한 높은 곳에 위치시켜 오는 길에 다양한 상품들을 보고 사길 바라는 것이다. 그래서 위로 올라가는 에스컬레이터 주변도

업체들이 선호하는 자리다.

여기서 예외가 되는 건 식품코너다. 식품코너는 대부분 지하 1층에 위치한다. 지하철로 연결되는 경우 가장 많은 유동인구가 유입되어 퇴근길 고객을 잡을 수 있고, 냉장 및 유통 시설을 가장 효율적으로 활용할 수 있을 뿐만 아니라 음식 냄새 등이 지상층에 퍼지지 않는 점 등의 이유가 있다.

이렇게 백화점의 공간 배치에는 1원이라도 더 매출을 올리려는 치밀한 계산이 있다. 그렇다면 백화점에서 파는 것 중에 가장 비싼 것은 어디에 있을까? 바로 2층이다. 백화점의 영업이 종료되고 불이 꺼지면 직원들은 전시된 물품을 그대로 두고 퇴근한다. 가전제품이나 가구처럼 부피가 커서 도난 위험이 없는 것들은 물론 비싼 의류 잡화 등도 백화점의 보안시스템을 믿고 놔두고 간다. 그러나 명품 시계와 주얼리 매장은 다르다. 백화점 내부에서도 따로 매장 셔터를 내린다. 그만큼 상품의 단가가 높다. 명품 시계나 주얼리의 경우 하나에 1억 원이 넘는 경우도 있기 때문이다.

문 닫은 백화점에 처음으로 혼자 남았을 때의 기분은 이랬다. '신난다! 사람이 북적대던 곳에 혼자 남아 화려한 물건들에 둘러싸여 있다니!' 내 것도 아니지만 신나서 매장을 막 뛰어다녔던 기억도 있다. 하지만 그런 기분을 누린 건 첫날뿐이었다. 폐점 후의 백화점은 행사 준비를 위해 집기와 상품을 옮기고, 인테리어를 바꾸고, 본격적인 청소를 시작하는 노동의 현장이기 때문이다.

그래서일까? 쇼핑을 좋아한다고 하면 선배들은 늘 "일은 재미있냐?"라고 물어보았다. 취미가 일이 되니 어떠냐는 뉘앙스도 있고, '백화점 일 빡세지?'라는 자조의 의미가 담겨 있기도 했다. 그때는 열심히 하는 직원처럼 보이고 싶어 재밌고 좋다고 했는데, 이제는 속 시원히 마음의 소리를 들려주고 싶다.

"먹고 살려고 하는 일이 마냥 재밌겠어요?"

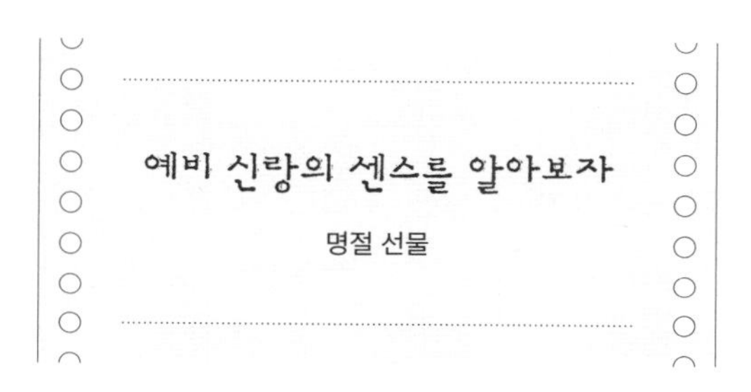

예비 신랑의 센스를 알아보자

명절 선물

명절이 다가올 때마다 긴장하는 사람들이 있다. 바로 백화점 식품 담당자들이다. 1년에 두 번 있는 '명절 선물세트' 구성을 위해 3개월 동안 치열하게 준비한다. 한우, 굴비, 과일 등 선물세트는 그렇게 태어난다. 평소에는 그러려니 하고 보던 풍경이었는데, 결혼을 앞두고 처가댁에 인사를 가게 되자 내게도 발등에 떨어진 불이 되었다.

사실 명절이라고 해서 누군가에게 선물하고 인사를 간 적은 거의 없었다. 선물을 주고받는 경우도 드물었고, 은사나 친척에게 선물을 보내는 싹싹함도 없었기 때문이다. 아마도 예비 사위로 처가댁에 인사 가면서 처음 명절 선물을 사지 않았나 싶다. 장담하건대 나뿐만 아니라, 예비 사위들에게는 가장 큰 고민거리일 것이다.

나는 장가를 늦게 간 편이라 주변에 잔소리꾼이 많았

다. 처가댁에 가져갈 명절 선물을 고민하는 예비 신랑이 귀엽다며 다들 경험담을 말해 주었다. 상상 이상의 내용이었다. 그들에 따르면 명절 선물, 특히나 처음으로 인사를 갈 때의 명절 선물은 많은 것을 고려해야 했다. '내가 너무 결혼을 만만히 본 것일까'라는 두려움이 들 정도였다. 회사 선배들의 경험을 토대로 예비 사위의 명절 선물 구입 팁을 네 가지 포인트로 정리해 봤다.

첫째, 장인어른과 장모님 중 누구에게 맞춰야 하는지 결정해야 한다. 두 분이 중립적이라면 무엇을 사 가도 무리가 없다. 그러나 점수를 잃을 선물이면 곤란해진다. 예를 들면 분위기 메이커인 장모님이 단 것을 싫어하는데 화과자를 사 간다든지, 장인어른이 해산물을 좋아하는데 한과를 사 간다든지 하는 경우다. 사위가 사 가는 선물은 명절의 화젯거리가 되기 때문에 처가댁에 있는 내내 곤란해질 수 있다.

둘째, 절대 모험하지 말고 무난한 것을 선택해라. 매년 명절이면 그간 보지 못했던 새로운 선물세트, 트렌드를 좇는 상품들이 출시된다. 모든 유통업체에서는 가장 비싼 것과 더불어 신상 선물세트를 프로모션으로 밀어준다. 센스 있는 예비 신랑이 되고 싶은 욕심에 이런 선물을 선택하는 경우가 종종 있는데, 말리고 싶다. 성공 가능성이 높지 않기 때문이다. 그런 선물은 사위에게 받았다고 남에게 자랑하기도 어렵다. 설명하기가 어렵기 때문이다. 백 점 사위가 되고 싶은 욕심은 칭찬받아 마땅하지만, 명절 선물을 선택할 때는 참자. 트렌디하고 신기한 선물보다는 스테디셀러가 훨씬 낫다.

셋째, 결혼식이 멀었다면 굳이 집에서 뵙지 않아도 된다. 상견례 전이거나, 다른 이유로 굳이 집에서 뵙지 않아도 된다면 식당에서 캐주얼한 식사를 추천한다. 어차피 한식을 잔뜩 먹는 명절인데 반드시 한정식을 고집할 필요도 없다. 대신 고기 굽느라 부산스러운 고깃집은 피하고, 적막감을 깨줄 수 있는 코스가 있는 식당이 좋다. 이렇게 외식을 하게 되면 제철 과일 혹은 식사 후 드실 수 있는 디저트 등을 택하는 것도 방법이다. 나중에 들은 후일담이지만 찾아가는 예비 사위도 부담스럽지만, 맞이하는 처가댁 식구들도 상당히 고민했다고 한다. 오히려 가볍게 끝내는 게 서로에게 좋을 수 있다.

넷째, 먹는 선물은 무조건 중간은 한다. 만약 물건으로 샀는데 처가댁에서 마음에 안 들거나, 같은 것이 있거나, 쓰기 어려운 상황이면 곤란해진다. 아직 서로를 잘 모르는 상태여서 필요한 물건을 딱 맞춰 선물하기도 어렵고, 사위가 선물로 가져온 건데 버리거나 팔 수도 없어 오히려 애물단지가 된다는 것이다.

선배들의 조언에 따라 식품 MD에게 명절선물 추천을

"처가댁에 한우를 사 가면
누가 제일 많이 먹을까?
바로 내가 아닐까?"

받기로 했다. 그는 여섯 개의 후보를 제시했다.

① 모두가 좋아하는 구이용 한우
② 건강기능식품
③ 명절 생선의 왕자, 굴비
④ 알이 굵고 큰 제철 과일
⑤ 어르신들이 좋아하는 과자
⑥ 달짝지근한 곶감

과자를 제외하고는 모두 생각했던 것 이상의 가격이었다. 원래 이렇게 비싼 것인지, 아니면 성수기라고 비싸게 받는 것인지 물어봤다. 그는 때를 맞춰 출하된 상급 상품을 가져오는 것이며, 추가 마진은 붙이지 않는다고 했다. 백화점 한우 사드리는 사위가 되고 싶었는데 그러려면 생각보다 많은 돈이 필요했다.

사정을 이야기하자 그가 내게 조언을 해줬다. 집안 어르신 중 백화점을 좋아하고, 백화점에서 구매한 사실을 중시할 분이 계신지를 물어봤다. 만약 그렇지 않다면 직접 도소매 시장에 가서 사는 것을 추천한다고 했다. 백화점에서 한우를 구매해 백화점 로고가 새겨진 선물 가방에 담아 드리는 것도 좋지만, 발품을 팔아 질이 좋은 고기를 사서 보자기로 싸도 품격이 있어 보인다는 것이었다. 보자기는 보통 판매상이 가지고 있고, 정 안 되면 인터넷에서 저렴하게 살 수 있다. '공단 보자기'라고 검색하면 다양한 색의 보자기가 검색된다.

결국 나는 황금색 공단 보자기로 단단히 묶은 한우를 한 손에 들고 긴장되는 마음으로 초인종을 눌렀다. 미리 한우를 사 간다고 자랑한 덕에 처가댁에서는 고기 불판까지 갖춰놓고 나를 맞아주셨다. 한우는 순식간에 사라졌지만 칭찬은 이어졌다. 그리고 사실 내가 제일 많이 먹었다. 사위 왔다고 고기를 굽는 대로 먹여주셨기 때문이다.

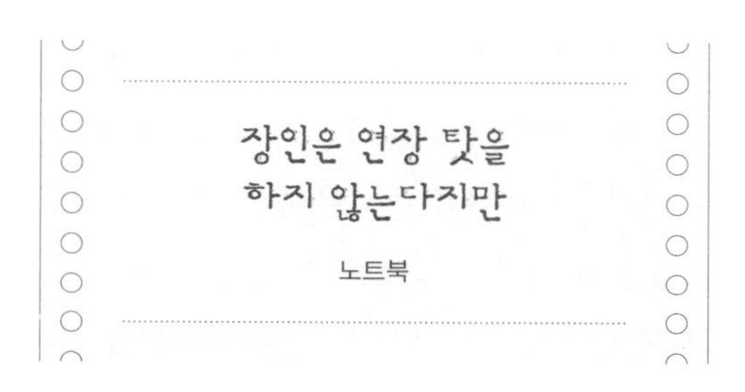

장인은 연장 탓을 하지 않는다지만

노트북

김이 올라오는 머그잔을 테이블에 올려두고 노트북을 보고 있는 사람들이 카페에 가득하다. 시험공부, 취업 준비, 회사 일이거나 개인 사업, 아니면 그냥 노는 것일 수도 있지만 모두 바빠 보인다. 이런 모습은 이제 카페라고 하면 떠올릴 만한 대표적인 풍경이다. 하지만 내가 처음 노트북을 살 때만 해도 카페에서 노트북을 쓰는 사람들이 많지 않았다. 심지어 가끔 급하게 카페에서 노트북을 쓸 때면 노트북에 자물쇠를 걸어놓기도 했다. 십수 년 전의 일이다.

노트북을 처음으로 구매한 것은 군대를 제대하고 다시 대학에 돌아왔던 때였다. 나름 2000년대 학번이라 당시에도 수강신청부터 증명서 출력까지 모두 온라인화되어 있었고, 모든 과제는 워드프로세서로 작성하여 출력하거나 파일로 제출했다. 그럴 때는 보통 교내에 구비된 데스크톱을

썼고, 급할 때는 피시방에 가서 처리하고는 했다. 모두가 노트북이나 스마트패드를 들고 다니는 지금의 대학 풍경은 상상하지 못했다. 나도 취업 준비한다는 명분이 없었다면 아마도 노트북을 구매하지 않았을 것 같다.

그때나 지금이나 노트북의 가격은 신제품일수록 비싸고, 무거울수록 저렴했다. 당시에는 '넷북'이라는 소형 노트북이 등장해서 인기를 끌고 있었다. 작고 가벼웠지만 성능에 비해 가격이 비쌌다. 군대를 갓 제대했기에 체력에는 자신이 있었고, 재력에는 자신이 없었다. 아무리 좋고 가벼워도 예산을 벗어난 모델들은 제외할 수밖에 없었고, 그중에는 수많은 마니아를 보유하고 있는 애플 노트북도 있었다. 결국 가벼운 무게와 디자인 이런 요인들을 모두 제외하고 딱 내가 원하는 활용도와 가격만을 보기로 했다. 그러던 중 한물간 렌털 노트북을 수리해서 판매하는 사이트를 알게 되었다. 유행 지난 디자인과 육중한 무게였지만 가격이 매우 만족스러웠기에 구매했다. 그렇게 함께하게 된 나의 첫 번째 노트북은 3킬로그램의 무게에 15인치의 화면을 가지고 있었다.

처음 들어봤을 때는 그렇게 무겁지는 않았던 것 같은데, 시간이 지나니 백팩이 없으면 도저히 들고 다닐 수가 없을 정도였다. 처음에는 자물쇠도 걸고 누가 훔쳐 갈세라 애

지중지했지만, 졸업할 때쯤 되어서는 '이 무거운 걸 누가 가져가겠어'라며 그냥 놔두게 되었다. 그래도 봇짐처럼 지고 다닌 첫 번째 노트북 안에서 수많은 대학 과제와 이력서들이 완성되었다. 대학 시절 가장 많은 시간을 함께 지냈으니 단짝이라고 할 수 있을 것 같다.

취업을 하고, 정신없이 신입사원 시절을 보내고 나니 어느새 나의 첫 노트북은 켜지지도 않았다. 거의 회사 데스크톱을 사용하다 보니 문서 작업을 위해 따로 노트북을 사용할 일은 없었지만 이제는 돈도 버는 입장이 되니 건방지게도 새 노트북을 사고 싶었다. 문서 작업 정도나 할 수 있는 구닥다리가 아니라, 영상도 거뜬히 볼 수 있는 신형을 가지고 싶었다. 그즈음 집의 데스크톱이 고장 나서 그 대용으로 쓸 만한 노트북이 필요하기도 했다.

두 번째 노트북은 근무하고 있던 백화점 매장에서 구매했다. 보통 백화점에서 사면 상대적으로 비쌀 거라고 생각하지만, 프로모션 기간을 잘 맞추면 가끔 득템을 하는 경우가 있다. 마침 프로모션 기간이라 데스크톱 대용으로 사용할 수 있는 16인치 노트북을 비싸지 않게 샀던 것으로 기억한다. 그 이후 간단히 인터넷을 이용할 수 있는 스마트폰이 보급되었기에, 노트북을 사용할 일은 점점 더 줄어들게 되었다.

"장인은 연장 탓을 하지 않는다지만,
노트북이 버벅거리는 것은
정말 짜증나는 일이다."

세 번째 노트북은 회사에서 회의나 업무를 진행할 때 노트나 다이어리 대신 노트북을 들고 다니는 직원이 많아지게 되면서 구매하게 되었다. 수첩에 열심히 쓰고 있는 내 모습이, 노트북으로 바로 공유하는 직원들에 비해 덜 스마트해 보인다고 생각했던 것 같다. 아니, 실은 당시 자주 보던 온라인 쇼핑몰에 '빅딜'이라고 추천하는 노트북이 놀라울 정도로 저렴해서 충동구매했다. 사고 보니 다이어리에 쓰나 노트북에 쓰나 업무 하는 데에 별다른 건 없었다.

지금 내가 사용하고 있는 노트북은 네 번째로 구매한 노트북이다. 요즘 노트북의 성능은 최신 상품과 작년 상품이 크게 다르지 않다. 결국 자기 용도에 맞는 제품을 찾고, 가성비를 따져서 사는 것이 가장 현명한 구매인 것 같다. 고려해야 할 것을 간단히 정리하면 아래와 같다.

① 자주 들고 다닌다면 1.5킬로그램 이하를 추천한다.
② 체감상 컴퓨터 속도를 크게 좌우하는 것은 RAM이다. 영상을 자주 보는 요즘 같은 시대에는 8GB 이상을 추천한다.
③ 게임이나 동영상 편집 등을 하려면 CPU와 그래픽카드가 좋은 제품을 추천한다.
④ 15인치를 기준으로 휴대용과 데스크톱 대용으로

나눌 수 있다.

⑤ 컴퓨터 자체의 저장 공간이 많으면 좋지만, 외장하드를 사용하는 쪽이 가성비가 좋다.

'직장인의 2대 허언 : 1. 퇴사한다 2. 유튜버한다'라는 농담이 유행할 정도로 요즘 많은 사람이 크리에이터를 꿈꾸고 있다. 그런 이유로 동영상 편집용 고사양 노트북의 판매가 늘어났다는 이야기도 들린다. 그러나 아무리 좋은 노트북이라도 그 기능을 활용하지 않으면 무용지물이다. 리퍼제품(반품된 제품, 전시품 등을 보수 및 재포장해 저렴하게 판매하는 것)을 판매하는 온라인 쇼핑몰이나 중고거래로 구매한 뒤, 필요하면 최신 사양 노트북으로 업그레이드하는 것을 권장한다.

아내가 은퇴 후의 노후 대비를 위해 정년이 없는 크리에이터에 도전해 보자고 했다. 채널의 컨셉과 비즈니스 모델 등 상상의 나래를 펼쳐보다가 은근슬쩍 지금 쓰고 있는 노트북으로는 영상 편집이 어렵다고 말했다. 일단 만들어나 보고 사달라고 하라는 답이 돌아왔다. 아내는 '장인은 연장탓을 하지 않는다'는 속담을 믿는 편인 것 같다.

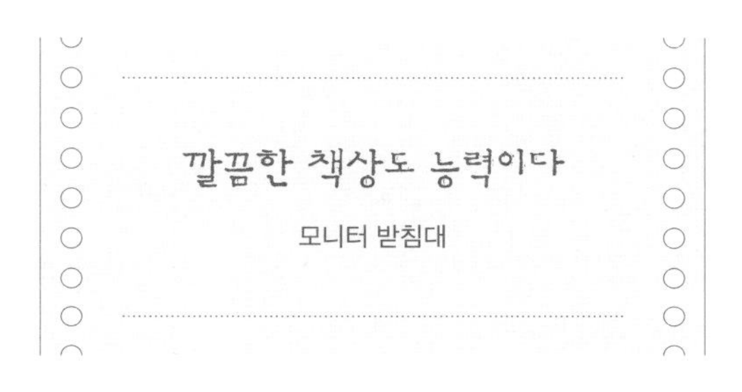

깔끔한 책상도 능력이다

모니터 받침대

처음 출근하던 날, 마음속으로 가장 바란 것은 '좋은 상사'를 만나게 해달라는 것이었다. 사실 좋은 상사가 어떤 상사인지는 몰랐다. 막연히 화내지 않는 사람이기만을 빌었던 것 같다. 시간이 흐른 뒤 대리쯤 되어 인터넷에 떠도는 '상사의 네 가지 유형'이란 글을 보고 무릎을 치며 공감했던 적이 있다. 그 네 가지 유형은 다음과 같다.

① 똑게(똑똑하고 게으른 상사)
② 똑부(똑똑하고 부지런한 상사)
③ 멍게(멍청하고 게으른 상사)
④ 멍부(멍청하고 부지런한 상사)

처음으로 모신 상사(흔히 '사수'라고 부르는)는 갓 차장으로 승진한 장교 출신의 마케팅 담당자였다. 왠지 모두가 나만 보고 있는 것 같아 살 떨리는 시간을 버티고 있을 때, 사수는 내게 잠시 산책하러 가자고 했다. 너무 얼어 있던 내가 안쓰러웠던 것일까? 회사를 나와 으슥한 곳으로 오라더니 담배를 입에 물었다. 훈련소를 나와 자대 배치를 받았을 때가 겹쳐 보였다. 서너 달 먼저 들어온 선임이 내무반 뒤로 나를 데려가 군기를 잡던 장면이. 다행히 내용은 그때와 전혀 달랐다.

"나는 절대 화를 내지 않아, 걱정하지 마."

내 마음을 읽었던 것일까? 잔뜩 겁먹고 있던 나는 속으로 '야호!'를 외쳤다. 물론 그 말을 전적으로 믿을 수는 없었지만, 그래도 긴장이 좀 풀려서 움츠렸던 어깨가 조금 편안해졌다. 그 후로도 사수는 내게 업무와 태도에 대해 많은 이야기를 해주었고, 나는 속으로 '그래도 인복이 있다'며 안심했다. 그 사수는 위의 네 가지 상사 분류 중 1번 '똑게' 유형으로, 지금의 내가 일하는 방식과 태도를 만들어준 분이었다. 《미생》의 오 과장과 같은 분이랄까. 물론 그만큼 업무 강도는 매우 강했다.

그분이 내게 특히 강조한 것은 '스마트함'이었다. 마케팅 담당자가 스마트해지려면 늘 트렌드를 공부하고, 남에게도 스마트하게 보여야 한다고 했다. 일례로 어느 날 출근하자마자 책상 정리로 지적을 받은 적이 있다. 깔끔하게 정리된 본인의 책상을 보여주며, 서류와 잡동사니로 어수선한 내 책상을 보면 어떤 일도 시키고 싶지 않다고 했다. 또 아이패드가 처음 출시되었을 때는, 마케터라면 한번 써봐야 한다며 내게 구매를 강하게 추천하기도 했다. 그 사수와 3년을 함께한 나는 퇴근하기 전에 항상 책상을 정리하고, 새로운 걸 찾아다니는 얼리어답터가 되었다. 덕분에 통장에 돈은 그다지 모으지 못했지만.

그 후 나도 후배를 맞이하면 먼저 책상 정리에 대해 말을 해주었다. 롤 모델은 그 사수의 책상이었다. 서랍을 최대한 활용하여 퇴근 시에는 서류가 책상 위에 없도록 하고, 마우스, 키보드 등의 선은 최대한 깔끔하게 정리한다. 그리고 작은 화분이나 소품 등으로 포인트를 주면 좋다. 생각해 보면 침대를 제외하고는 가장 많은 시간을 보내는 공간이다. 일에 치여 힘들겠지만 최대한 깔끔하고 본인에게 맞게 꾸며야 한다. 요즘에는 데스크와 인테리어의 합성어인 '데스크테리어'라는 말도 유행한다고 한다.

깔끔한 데스크테리어의 가장 큰 장애물은 바로 키보드다. 그나마 무선 키보드를 쓰면 유선 키보드보다는 번잡함을 줄일 수 있지만, 그래도 키보드 자체가 책상에서 차지하는 부피가 크기 때문에 키보드를 모니터 아래로 넣어줄 수 있는 모니터 받침대를 추천한다.

몇 년 전에 스타트업 기업에 미팅하러 갔다가 그 회사 직원이 쓰는 모니터 받침대가 눈에 들어왔다. 책상과 같은 흰색 계열이라 공간도 넓어 보이고 받침대에 USB를 연결하여 스마트폰 무선충전도 가능했다. 차마 어느 제품인지는 물어보지 못하고 인터넷으로 모니터 받침대를 죄다 검색했다. 몇천 원대의 저렴한 플라스틱 제품부터, 원목을 이용한 10만 원 이상 되는 제품까지 다양했다. 메탈로 된 화려한 제품이 눈에 들어왔으나, 회사에서 사용하는 제품인 만큼 기능성도 중요했기에 탈락. 결국 그 직원이 사용하는 제품과 비슷한 원목 제품들 중 하나를 사기로 했다.

온라인 쇼핑몰에서 몇 가지를 비교하고 가장 저렴한 것으로 구매했다. 회사에서 사용할 물건들을 살 때는 항상 같은 마음인 것 같다. 조금은 독특해서 남들과는 차별화됨을 자랑하고 싶지만, 그렇다고 비싸거나 멋 부렸다고 할 만한 것들은 꺼리게 된다. 아마도 꾸안꾸(꾸민 듯 안 꾸민 듯)라는 말이 가장 어울리는 것 같다.

그때 구입한 모니터 받침대를 이직하고서도 챙겨와 쓰고 있다. 그 받침대에 눈독 들이던 후배가 달라고 했지만, 왠지 정이 들어 주지 못하고 이런저런 핑계로 밥이나 사주고 말았다.

새 직장에 출근하던 날, 생각보다 긴장이 되었다. 신입 사원으로 처음 출근하는 기분이었다. 출근길 지하철에 민망함을 무릅쓰고 거대한 모니터 받침대를 들고 왔는데, 그걸 설치하며 하루를 시작한 것이 기억난다.

나의 쇼핑 잔혹사

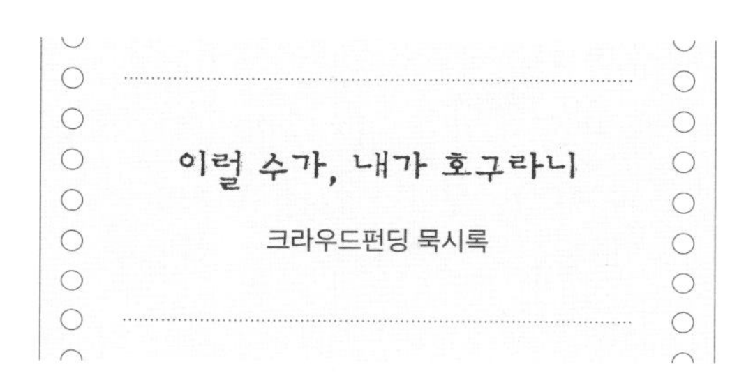

이럴 수가, 내가 호구라니

크라우드펀딩 묵시록

'아이디어는 있는데 자금이 부족한 사업가가 온라인에서 미리 고객을 모아 제품을 생산한다.'

크라우드펀딩, 명분은 좋다. 우리나라에서는 몇 년 전부터 신흥 유통 채널로 주목받고 있다. 얼마 전에는 대기업이 신제품을 크라우드펀딩을 통해 먼저 공개하는 등, 기존 유통업체들을 위협할 만한 영향력을 보여주기도 했다. 하지만 이와는 별개로, 크라우드펀딩으로 제품을 구매하는 사람들의 속마음은 이렇지 않을까.

'남들과 다른 것을 가지고 싶어. 이왕이면 싸게!'

내가 그랬다. 그리고 많은 수업료를 내고 나서야 내가 호구였다는 것을 깨달았다. 나의 장바구니에는 불량품이 넘쳐났다.

나의 첫 번째 크라우드펀딩은 군의관 출신 의사들이

의기투합해서 만들었다는 피로 회복 음료였다. 정확히는 물에 타 먹는 가루였는데, 맛은 이온 음료와 비슷했다. 심한 숙취에 시달릴 때 이 음료를 먹으면 마치 병원에서 링거를 맞는 것과 같은 효과를 낸다는 문구에 넘어갔다. 다 죽어가는 사람도 살리는 《드래곤볼》의 선두가 떠올랐달까? 솔직히 나는 효과가 있는 듯했다. 플라시보 효과인지 모르겠지만. 신나서 술친구들에게 인심 쓰듯 나눠줬지만 생각보다 반응은 좋지 않았다. 그리고 얼마 지나지 않아 해당 제품이 허위 과장 광고를 했다는 기사가 나왔다. 한동안 사기당했다고 놀림을 당했다. 첫 구매부터 심상치 않았다.

두 번째 구매는 'DNA 맞춤 도시락 서비스'였다. 그때는 첨단 기술을 생활에 접목하는 얼리어답터다운 쇼핑이라고 생각했는데, 지금 보니 이름부터 사람을 불안하게 만든다. 구매자의 유전자를 분석해 알맞은 슈퍼푸드를 제공한다고 했는데…. 먼저 업체에서 보내온 유전자키트에 들어 있는 면봉에 침을 묻혀 보냈다. 여기까진 첨단 기술을 체험하는 느낌이 있었다. 다만 나의 유전자를 분석해서 제공하는 서비스란 게, A4용지 한 장에 '신선한 재료를 골고루 먹어야 한다'는 쌀로 밥 짓는 이야기를 출력해 보내준 것에 불과했다. 맞춤 도시락은 배송이 지연되어 며칠 치를 한꺼번에 받았다 (도시락이 개인별로 다르긴 했을까?). 사흘 치 도시락을 쌓아두고 맞춤형 슈퍼푸드를 폭식했다. 진짜 건강 도시락은 적당량의 신선한 재료를 제때 먹는 것이 아닐까 생각하며.

전자제품을 크라우드펀딩으로 구매할 때는 특히 유의해야 한다. 내가 크라우드펀딩으로 구매한 전자기기는 모조리 불량이었다. 자전거를 탈 때 쓸 골전도 블루투스 헤드폰을 사고 싶었는데, 비싸서 망설이던 차에 크라우드펀딩이 뜬 것을 발견했다. 시중에 판매되는 제품들의 반값도 안 되는 가격에 반해 바로 결제했다. 그럴싸한 홍보영상도 있었고, 크라우드펀딩 플랫폼이 공정 등을 체크하고 있다는 말도 솔깃했다. 꽤 오랜 시간을 기다려서 물건을 받고 처음 음악을 틀었는데 생각보다 음질이 만족스럽지 않았다. 원래 골전도 헤드폰은 이런 건가 싶었는데, 문제는 그게 아니었다. 한 달 정도가 지나니 아무리 충전을 해도 켜지지 않았다. 땀이 많은 내 체질 탓에 망가진 거라고 자신을 애써 달랬다.

나의 크라우드펀딩 묵시록의 하이라이트는 무선충전 패드였다. 당시엔 스마트폰 무선충전 기능이 보급되던 참이었다. 나름 얼리어답터라며 스마트폰 외에도 블루투스 이어폰과 스마트워치 등 무선충전이 되는 전자기기를 여럿 가지고 있었다. 유선으로 각각 충전하자니 너무 복잡해서 고민하고 있었는데, 크라우드펀딩 플랫폼에서 모던한 디자인에 기기 세 개를 동시에 무선충전할 수 있는 아이디어 상품을

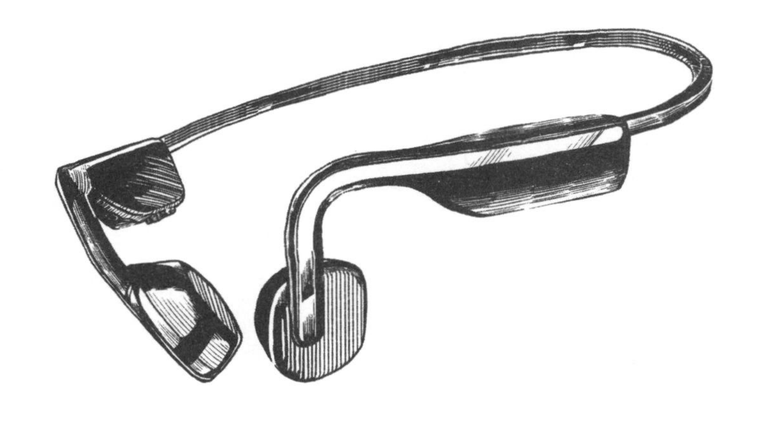

“순식간에 고장 난 골전도 헤드폰.
나는 내가 얼리어답터인 줄 알았다.
알고 보니 그냥 호구였다.”

발견했다. 기능은 물론 외관까지 완벽하다고 생각했고, 펀딩이 시작되는 날을 기다려 구매했다. 받은 충전 패드의 겉모습은 홍보페이지의 그것과 같았으나 발열이 엄청났다. 충전하고 있던 휴대전화를 손으로 들다가 뜨거워서 떨어뜨릴 정도였다. 충전하다가 불이 날지도 모르겠다는 생각이 들어 바로 치워버렸다. 정품 무선충전 패드 몇 개는 살 수 있는 돈으로 이런 불량품을 샀다는 게 너무 화가 나서 플랫폼에 항의하는 글을 올렸다. 해당 상품의 페이지에는 이미 많은 항의 글이 있었는데, 보상은커녕, 간단한 사과조차 없었다.

"리워드 펀딩은 쇼핑이 아닙니다."

크라우드펀딩 플랫폼에서 결제하기 전 뜨는 경고 문구다. 신용카드 약관을 보듯 제대로 보지도 않고 넘겨버리고 말았는데, 의미심장한 말이다. 크라우드펀딩은 쇼핑이 아니다. 그래서 나는 이제 크라우드펀딩으로 제품을 사지 않는다. 가끔 오는 이메일과 메시지를 보면 혹하는 제품들이 많지만, 검증되지 않은 제품을 리스크를 안고 살 필요는 없다. 어차피 히트한 상품들은 나중에 얼마든지 구할 수 있다. 굳이 내 돈 들여 시험에 들 필요는 없다.

하지만 다신 크라우드펀딩 안 하겠다고 장담은 못 하겠다. 사람은 늘 같은 실수를 반복하기 마련이고, 재미있는 물건은 너무 많으니까.

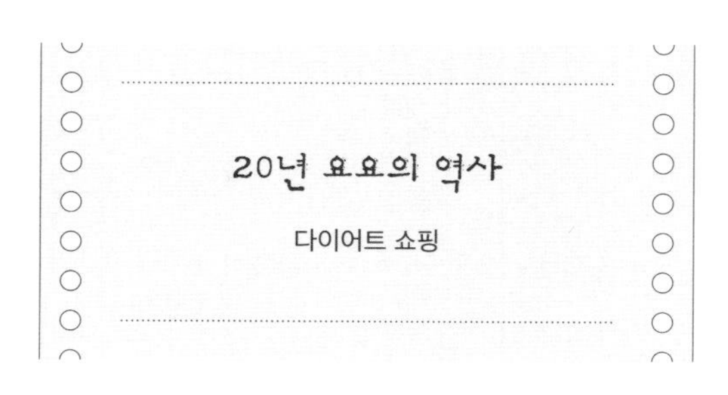

20년 요요의 역사

다이어트 쇼핑

누구나 그럴듯한 계획은 있다.

한 대 맞기 전까지는.

-마이크 타이슨

나 역시 다이어트를 결심했을 때는 늘 그럴듯한 계획이 있었다. 그러나 나의 다이어트 도전은 솔직히 요요의 역사에 가깝다. 다이어트를 시작한 지 20년째인데, 한때는 살을 꽤 빼기도 했고 얼마간 유지도 했지만 결국 오늘도 새로운 다이어트를 계획하고 있다.

간만에 체중계에 올라가는 날이면, 두려움이 앞선다. 찌는 건 정말 순식간인데, 그걸 빼는 데는 몇 배의 시간과 고통이 따른다. 언젠가 다이어트한다며 약을 먹고 있는 걸 본 친구가 “네 배에 들어간 돈이 얼마인데, 그걸 빼려고 또

돈을 쓰고 있냐?"라며 뼈 때리는 말을 한 적이 있다.

틀린 게 하나도 없는 말이다. 다이어트는 현대사회 풍요의 상징이자, '원하는 게 무엇이든, 돈이 필요하다'라는 자본주의의 속성을 제대로 보여주기 때문이다. 돌이켜 보면 배 속에 무엇인가를 넣을 때도 돈을 많이 쓰지만, 다이어트를 위해서도 돈을 아끼지 않게 된다. 다이어트를 위해 돈을 쓴다는 것은 '건강'을 위해서라는 명분과 '외모'를 위한 욕망, 두 마리 토끼를 모두 잡는 소비이기 때문이다.

주변을 둘러보면, 해박한 지식을 자랑하는 다이어트 박사들이야말로 다이어트가 필요한 경우가 많다. 바로 내가 그렇다. 수많은 책과 영상 덕분에 이론은 빠삭하다. 그러나 실천에 어려움이 있다. 바로 이 부분에 '다이어트 쇼핑'이 파고든다. 자극하는 포인트는 다양하다. 사람의 의지는 한계가 있으므로 짧은 시간에 살을 빼준다거나, 배고픔을 약을 통해 극복하자거나, 최신 연구로 그동안 아무도 몰랐던 살 빠지는 슈퍼푸드를 발견했다거나, 역시 운동이 최고라거나, 역시 운동보다는 식단이라거나 등 너무나 다양해서 심지어 서로 모순되는 주장도 많다.

공통적으로 그들은 우선 나약한 의지를 탓하지 말라며 '아프니까 ○○이다'식의 힐링 멘트와 함께 나를 위로한다. 그리고 나지막이 속삭인다. '근데 이건 의지가 약해도 정말 빠지게 해줄 거야, 마지막 기회야.' 이런 식으로 나의 결제를 유도한다. 지금까지 매우 높은 확률로 넘어간 수법이다. 물론 그런 경우 다이어트는 100퍼센트 실패였다.

칠전팔기라기에도 민망할 많은 시도 중에 가장 극단적이었던 것은 '디톡스 주스'로 인기를 끌었던 유기농 주스 다이어트였다. 일주일을 유기농 채소와 과일로 만들어진 주스로만 연명하는 다이어트였는데, 무슨 스위스에서 만든 명품 주스라며 상당히 비쌌다. 스위스가 유기농 채소로 유명하다는 말은 처음 들었지만 백화점에서 판매하고 있기도 했고, 결정적으로 다이어트 쇼핑의 결정적 구매 포인트인 '지인이 이걸로 다이어트에 성공했다'에 넘어가 버렸다.

일주일을 주스만 마시는 것은 생각보다 고통스러운 일이었다. 맛도 없는 주스와 배고픔에 지칠 때마다 비싼 주스 값을 생각하며 버텼다(이렇게 생각하니 비싼 다이어트 제품들이 효과가 좋다는 이유가 이런 것 때문인가 싶기도 하다). 일주일이 지나고 나니 정말 몇 킬로 정도가 빠지긴 했다. 그러나 빠진 몸무게가 돌아오기까지는 일주일이 채 걸리지 않았다. '끝나기만 해봐라. 돈가스에 짜장면부터 해치워 주리라.' 이런 마음가짐으로 버텼으니 어쩌면 당연한 결과였다. 결국 돈 잔뜩 쓰고 일주일간 고생만 한 꼴이었다. 차라리 그 돈으로 뭐라도 살걸.

흰강낭콩에서 추출한, 다이어트에 좋은 성분이 들었다는 보조제를 산 적도 있다. 효과는 보지 못했다. 꾸준히 먹지 않아서일까? 다만 제품 이름의 뜻이 '없었던 일로'인 것은 인상적이었다. 배가 고플 때는 오직 먹을 생각만 하지만, 먹고 나서 배가 차면 이성이 돌아오고 후회를 한다. 그런데 '없었던 일'로 할 수 있다니, 많은 다이어터들의 마음을 읽은 작명이라고 생각한다.

일본 동요대회에서 은상을 타서 화제가 된 귀여운 두 살 꼬마는 인생의 4분의 1을 노래 연습에 쏟았다는데, 나는 불혹 가까운 나이에 인생의 반을 다이어트에 쏟았다. 바보 같은 다이어트만 한 것은 아니다. 꾸준한 운동습관을 위해 헬스장 PT도 하고 매일 밤 조깅을 하기도 했다. 저탄고지, 키토제닉, 방탄커피, 새싹보리 등. 유행했던 거의 모든 식이요법에 도전했던 것 같다.

그런데도 내가 성공하지 못한 이유는 뭘까? 다이어트 쇼핑 중 최고의 흑역사를 보자. 얼굴의 근육을 강화해서 V라인을 만들어준다는 운동기구였는데, 처음에는 '이런 걸 누가 사?'라는 생각으로 봤다가 결국에는 홀랑 넘어가 버렸다. 지금은 국민 비호감이 된 축구선수 호날두가 모델이었는데, 사실 그에게도 이 운동기구 CF를 찍은 것은 흑역사였다. 입에 실리콘 봉 같은 것을 물고 흔들어야 하는데 그 모양이 영 민망했기 때문이다. 그럼에도 내가 넘어갔던 포인트는 하루에 30초 정도만 물고 흔들어주면 두 달 안에 얼굴이 갸름해질 수 있다는 것이었다. '30초 정도면 정말 매일 할 수 있지 않을까?' 하고 생각했지만, 역시나 늘 매일 한다는 것의 위대함이란.

사실 다이어트는 꾸준함이 관건 아닐까? 사람들이(정확히는 내가) 늘 실패한 것은 꾸준함이 부족했기 때문이었던 듯싶다. 과학기술이 어서 발전해서, 꾸준하지 않아도 다이어트에 성공할 수 있는 그 날만을 기다린다.

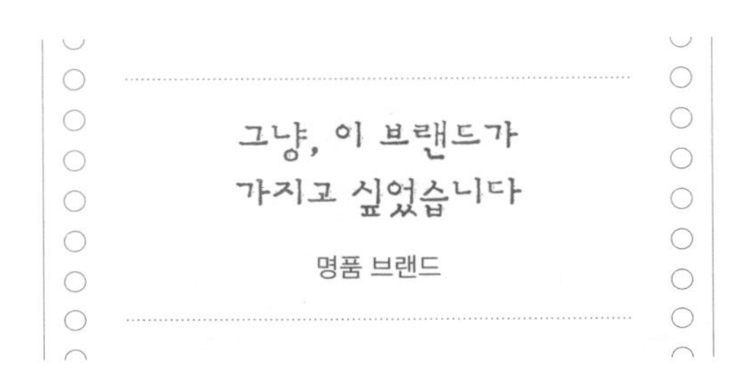

"나도 프라다가 하나쯤은 있었으면 좋겠어."

친구들이 날 두고 '허세' 운운하기 시작한 것은 내가 했던 저 말 때문이었다. 무슨 〈악마는 프라다를 입는다〉도 아니고, 살 물건도 정하지 않고 브랜드부터 찾는다며 타박을 당했다. 백화점에 근무하더니 브랜드만 밝히는 허세가 생겨버렸다면서.

그런데 특정 브랜드의 어떤 물건이든 하나 가지고 싶다고 한 게 죄일까? 쇼핑을 사전적으로 정의한다면 '필요하거나 가지고 싶은 물건을 사는 것'이라고 할 수 있겠지만, 물건이 아니라 브랜드를 가지고 싶을 때도 있다. 수천만 원 하는 물건을 사려고 한 것도 아니다. 그저 내 '작고 귀여운' 월급으로 감당할 수 있는 물건을 사고 싶었을 뿐. 이 정도면 허세긴 허세여도 귀여운 수준이니, '귀여운 허세'로 봐주면 안

될까? 결국 프라다를 갖긴 했다. 조그만 키링이었지만.

신입사원티를 간신히 벗었을 때다. 몇 년간 모은 돈으로 새 차를 샀다. 국산 SUV였는데, 가장 기본 모델에 파노라마 선루프 하나 달랑 추가한 소위 '가성비' 좋은 모델이었다. 차를 처음 받고는 한동안 그 차만 보고 있어도 너무 아름다워 보였다. 남들이 보기엔 어떨지 모르겠지만 내게는 수억 하는 슈퍼카 못지않았다. 이 (마음속) 슈퍼카에게 걸맞은 선물을 해주고 싶었다. 그래서 자동차 키에 프라다 키링을 달았다. 그리고 많은 친구들에게 비웃음을 샀다. 한쪽 면에는 프라다 로고가, 다른 면에는 로마 장군 모양이 있는 키링이었는데, 차라리 아무것도 안 달면 차 키가 더 값져 보이겠다는 말까지 들었다. 하도 비웃음을 사서 결국 그 키링에서 자동차 키를 떼고, 동그란 키를 감쌀 수 있는 가죽 커버를 다는 것으로 타협했다. 지금 이 키링은 음식물 쓰레기 버릴 때 쓰는 인식 카드에 달려 있다.

또 다른 허세 쇼핑은 보스(BOSE) 스피커였다. 혼수를 마련하며 스피커를 하나쯤 사고 싶었는데, 사실 1순위는 뱅앤올룹슨(Bang&Olufsen)의 스피커였다. 손예진 씨가 출연한 영화 〈작업의 정석〉에 나오는 스피커인데, 주인공이 돈 잘 버는 펀드매니저임을 보여주기 위한 소품으로 쓰였다. 그 영화를 보고 '언젠가 저걸 살 수 있을까?' 하고 생각했었는데,

혼수 마련이 그 찬스가 될 수 있을 것 같았다.

그러나 이미 그 스피커를 산 친구가 말렸다. 자기도 멋들어진 신혼집에서 스피커로 음악을 들으며 커피 한잔하는 상상을 해서 샀는데, 생각보다 쓰지 않게 된다고 했다. 막상 스피커의 성능을 제대로 느끼려면 상당한 볼륨으로 들어야 하는데, 층간 소음이 걱정되어 사실 단 한 번도 크게 들어본 적이 없었다며 차라리 그 돈을 다른 데 쓰라고 충고했다. 모두가 사라고 충동질을 해도 모자랄 판에 유일하게 사본 사람마저 쓰지 말라니 도저히 살 수가 없었다. 그래서 브랜드를 타협하고 사이즈를 타협하니 결국 사게 된 게 보스의 '사운드링크 미니 2'였다. 나중에 보니 누군가 국민 혼수 스피커라는 별명도 붙여놓았다. 나 같은 이들이 타협할 수 있는 마지노선의 가격대이기 때문인 것 같다.

허세의 절정은 유명 디자이너 브랜드의 옷이 너무 비싸서 언감생심 꿈도 못 꾸고 있다가 SPA 브랜드와의 콜라보레이션 소식을 듣고 새벽같이 달려가 줄을 섰던 기억이다. 언론에서 이런 이벤트에 사람들이 모이면 부정적인 뉘앙스의 기사들이 나가서 변명부터 해보자면, 우선 나처럼 덩치 큰 사람들은 디자이너 브랜드에서 맞는 사이즈의 옷을 구하기가 매우 어렵다. 하지만 SPA 브랜드와 콜라보레이션를 할 때면 사이즈도 다양하고, 수량도 많고, 가격도 저렴하기에 더할 나위 없는 쇼핑 찬스라고 할 수 있다. 그래서 발매 소식이 들려오면 새벽부터 줄을 서는 사람들이 있는 것이다.

겐조(KENZO)와 H&M의 콜라보레이션 상품이 판매되는 날, 오전 반차를 쓰고 새벽부터 매장으로 향했다. '이 시간에 가면 살 수 있겠지'라는 나의 예상은 무참히 깨졌다. 이미 매장 건물을 포위하고 있는 인파. 그래도 혹시 몰라 기다려보자며 버텼는데, 사람들은 들어가자마자 물품을 쓸어 담았다. 얄미운 리셀러들이 대부분이었는데, 나가는 이들 뒤통수를 '너희가 겐조를 알아!'라며 한 대 때려주고 싶었다.

어둑한 새벽부터 기다려서 해가 중천에 뜰 무렵에야 매장에 들어갈 수 있었는데, 이미 대부분의 상품은 팔린 뒤였다. 정말 누가 저런 걸 쓰지 싶은 것들만 남아 있었다. 그 중 정말 특이한 선글라스가 하나 있었는데, 그마저도 사람들이 만지작거린 탓인지 한쪽 다리가 덜렁덜렁한 불량품이었다. 당연히 새 상품은 없었고, 직원은 싫으면 사지 말라는 식이었다. 그래도 샀다. 왜 샀냐고 물어본다면 '그냥, 겐조가 가지고 싶었어요'라고밖에 답을 못하겠다. 피천득의 수필 〈은전 한 닢〉에 나오는 늙은 거지와 하나도 다를 게 없는 꼴이었다.

결국 그 겐조 선글라스는 한 번 써보지도 못했고, 지금은 행방이 묘연하다.

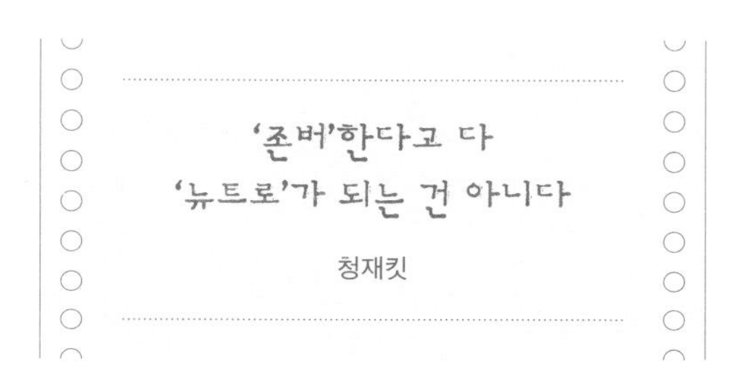

10년이면 강산도 변한다는데, 그 정도면 유행도 한 번쯤 돌아오지 않을까? 요즘 자주 보는 말이 '뉴트로(newtro)'다. '새로운(new)'과 '복고풍(retro)'을 합친 신조어로 트렌드 키워드에 선정되었을 만큼 유행인데, 옛것을 그대로 가져오는 게 아니라 현재에 맞게 재해석한다는 점에서 복고풍과는 차이가 있다.

곧 중년인 나의 삶을 돌아보면, 유행이 돌고 도는 현상을 몇 번은 경험한 것 같다. 그중에서도 청재킷에 얽인 슬픈 이야기를 해보려 한다. 때는 한국이 월드컵에서 단 한 번도 이겨보지 못했던 시절이었다. 인기 있는 브랜드를 가지고 싶은 열망에 빈티지 가게에서 바다 건너온 유명 브랜드의 청재킷을 샀다.

사실 당시에도 청재킷은 인기 아이템은 아니었다. 그래

서 유명 브랜드여도 싸게 구할 수 있었던 것이다. 아무튼 유행 지난 청재킷을 사고 난 뒤 우리나라는 월드컵 4강에 진출했고, 세상은 천지개벽을 해 스마트폰의 시대가 되었다. 그제야 거리에 청재킷을 입고 다니는 사람이 하나둘씩 보이기 시작했다. 역시 유행은 돌아오는 것인가? '존버'를 하고 나니 옛날에 샀던 청재킷이 유행하는 패션 아이템이 되고 말았다.

그러나 내가 청재킷을 입고 돌아다닐 일은 없었다. 분명 같은 청재킷인데도 요즘 유행하는 청재킷과 십수 년 전 샀던 청재킷은 디자인이 미묘하게 달랐다. 유행하는 것만 입는 트렌드세터는 아니지만, 내가 가지고 있는 촌스러운 청재킷은 입을 수가 없었다. 기다린 시간이 아깝지만 나의 청재킷은 결국 의류 수거함으로 향할 수밖에 없었다. 오래된 물건이라고 모두 뉴트로가 되는 것은 아니다.

지금 가장 자주 쓰고 있는 물건도 뉴트로 제품이라고 할 수 있겠다. 바로 키보드다. 점점 작아지는 노트북 키보드가 불편해 블루투스가 되는 키보드를 따로 구매하려고 했는데, 타자기처럼 생긴 뉴트로 키보드가 귀여워 장만했다. 문제는 정말 타자기 같은 강렬한 터치음이 난다는 것이다. 매일 주변 동료들에게 민폐를 끼치고 있다. 인터넷에 찾아보니 다양한 뉴트로 키보드 제품이 있었는데, LED로 빛까지 나오는 제품도 있다. 이걸 뉴트로라고 해야 할지, 뉴테크라고 해야 할지 모르겠다. 사무실에서 쓴다면, 일하는 티 팍팍 내며 화려하게 일할 수는 있겠다.

또 하나 눈독을 들이고 있는 뉴트로 제품은 LP 음반이다. 사실 LP 음반이야말로 가장 레트로라는 말이 잘 어울리고, 그 감성을 잘 살린 아이템이라고 생각한다. 텔레비전에서 연예인 집을 소개할 때 LP 음반으로 가득한 방이 나오기도 하고, 백화점에서는 턴테이블을 팔기 시작했다. 이런 유행을 꿰뚫고 있는 아티스트들은 신규 앨범을 한정판 LP 음반으로 발매하기도 한다. 문제는 가격이다. 예전에 동묘시장에서 싸게 구할 수 있던 LP 음반을 생각하면 오산이다. 턴테이블의 가격도 웬만한 음향기기보다 비쌀뿐더러, LP 음반 자체의 가격도 CD 이상이다. 기술은 예전 그대로일 텐데 왜 가격은 비싸졌을까? 결국 뉴트로는 비싸게 팔기 위한 마케팅인 걸까?

심지어 소주도 뉴트로가 잘 팔리는 세상이 되었는데, 사실 소주도 포장만 복고풍이지 도수는 낮아져 속은 더 트렌디해졌다. 결국 유행은 돌아오긴 해도 약간씩 달라져서 돌아온다. 그래야 사람들이 새 옷과 새 물건을 사기 때문이 아닐까? 그리고 이게 바로 10년 넘게 보관한 끝에 유행이 돌아온 나의 청재킷을 다시 입을 수 없었던 이유다. 더구나 유행도 유행이지만, 그사이 내가 나이를 먹어버렸다. 유행이고 뭐고 그때 입고 싶던 옷은 그냥 입을 걸 그랬다.

명품 시계 못 살 바에야 차라리

스마트폰과 스마트워치

무인도에 한 가지만 가져갈 수 있다면? 생존에 필요한 물건들을 이야기하는 것이 맞겠지만, 우선 떠오르는 것은 스마트폰이다. 무인도에서 어떻게 스마트폰을 쓰냐는 질문은 미뤄두기로 하자. 그만큼 스마트폰이 삶에서 차지하는 비중이 크다는 말이다. 버스나 지하철로 이동하는 와중에도, 맛집에서 줄을 설 때도 모두 스마트폰을 보고 있다. 심지어 일할 때나 잠을 잘 때조차 손이 닿는 곳에 스마트폰을 두고 언제든 확인하려 한다. 이처럼 거의 온종일 붙잡고 있는 스마트폰이니, 교체할 때도 신중해야 한다.

하지만 교체 타이밍은 늘 갑작스럽게 오기 마련이다. 불의의 사고로 인한 기기 손상, 내면의 구매 욕구를 거침없이 자극하는 신제품의 발매 등. 그리고 가장 난감한 경우가 내가 좋아하는 콘텐츠나 패션 브랜드와 콜라보레이션 한정판 제품이 발매되는 경우다. 예전에 화제가 되었던 삼성전자와 톰브라운의 갤럭시Z폴드 콜라보레이션 제품 같은 경우는 300만 원 가까운 고가에도 예약이 폭주했다고 한다(천 대 한정판이라는 이유도 있었다).

물론 취향 때문에 저런 거금을 쓰는 것은 나 같은 월급쟁이 처지에 어려운 일이다. 그래서 보통은 스마트폰 약정이 끝나는 시기를 기다려 보조금을 가장 많이 주거나 할인이 가장 많이 되는 기기로 바꾸거나, 중고장터에서 상태가 좋은 제품을 구해 사용하고는 했다. 2011년에 처음으로 스마트폰을 사용했으니, 다섯 번 정도 스마트폰을 교체했다. 10년 정도 쓰다 보니 이제 내게 맞는 스마트폰의 브랜드와 운영체제를 알게 되었고, 어쩔 수 없이 해당 브랜드의 시리즈를 계속 사용하고 있다.

스마트폰의 기술은 비약적으로 발전하고 있지만 내가 사용하는 스마트폰의 기능은 거의 정해져 있었고, 화소가 엄청나게 늘어났다는 카메라의 기능도 감흥이 오지 않았다. 그래서 최신 스마트폰보다는 바로 직전 버전 제품을 중고로 사거나, 리퍼 전문 온라인 쇼핑몰에서 구매하곤 했다. 이렇게 구매하면 약정에 매일 일도 없고, 요금 할인도 받을 수 있어서 만족도가 매우 높았다.

그런데 지금 사용하고 있는 스마트폰은 거의 출시되자

마자 구매해 버렸다. 출시와 동시에 진행된 대대적인 프로모션 때문이었다. 더구나 블루투스 이어폰과 스마트워치도 연이어 출시되었는데, 스마트폰을 구매하면 스마트워치는 반값에 살 수 있었다. 유통업 10년의 경험을 걸고, 이번 프로모션은 다시 오기 어려운 기회임을 느꼈다. 어떻게 해서든 아내를 설득해야 했다.

아내에게 구매 품의서를 상신하며 최신 스마트폰과 스마트워치가 내게 왜 필요한지와 어떻게 싸게 살 것인지를 구구절절하게 설득했다. 사실 논리보다는 거의 감정에 호소하는 것이었다. 그간 늘 중고 스마트폰을 써서 최신 스마트폰을 쓰는 얼리어답터들을 동경했다는 둥, 스마트폰이 오래돼서 업무에 지장이 있다는 둥의 구차한 이유였다. 사실 당시 가지고 있던 스마트폰은 고장 나지 않았다. 출시된 지 4년 가까이 되었음에도 중고거래가 활발한 스테디셀러 모델이라, 새로운 스마트폰을 사고 나서 만족할 만한 가격에 판매할 수 있었다.

문제는 스마트폰은 그럴듯한 이유를 댈 수 있었는데, 스마트워치는 꼭 사야 할 이유를 말하기 어려웠다. 사실 스마트폰을 바꾸는 이유 중의 하나는 스마트워치를 저렴하게 살 수 있기 때문이었는데, 아내가 알면 배보다 배꼽이 더 크다며 혼날 일이었다. 그러나 어쩌겠는가, 이미 스마트워치가

"어렵게 산 스마트워치인데,
사실 기능은 1퍼센트도
활용하지 못하고 있는 것 같다."

눈에 들어오고 나니, 그간 안 보이던 주변 사람들의 시계에 눈길이 가기 시작했다. 업무회의에 들어온 부장님 손목에 걸린 알이 큰 스마트워치(희한하게도 어른들이 차고 있는 스마트워치는 모두 알이 크다)부터 헬스장 러닝머신 위에서 달리는 몸짱의 손목에 있던 스마트밴드까지, 온갖 종류의 스마트워치가 보였다. 그중에서도 내 마음에 들어온 스마트워치는 너무 알이 크지도 않으면서, 때가 안 타는 회색 고무밴드에 운동할 때 다양한 신체신호를 측정해 주는 기능까지 있는 제품이었다. 물론 그런 기능들은 잘 쓰지 않을 것 같지만, 그래도 내 눈에는 너무 예뻐 보였다. 며칠간의 조르기 끝에 아내는 허락했다. 아마도 내가 마지막에 했던 이 말 때문이었던 것 같다.

"어차피 명품 시계 못 살 바에야 스마트워치를 사는 게 나아. 명품보다는 스마트함을 선택한 사람 같아 보이지 않을까?"

참으로 철없는 말이지만, 아내는 내가 얼마나 사고 싶었으면 저런 말까지 할까 싶었다고 했다. 우여곡절 끝에 산 최신 스마트폰과 스마트워치를 처음에는 각종 보호필름과 기구로 꽁꽁 싸매고 다녔다. 두세 달 지나고 나니, 역시 내가 사고 싶었던 가장 큰 이유는 디자인이었구나 싶어 보호기구를 벗겼다. 당연한 듯 며칠 뒤에 액정에 흠집이 났다. 그리고 그렇게나 좋다고 아내에게 자랑했던 신체신호 감지 기능은 첫날 이후 한 번도 쓰지 않았다. 뭐 어떤가, 애초부터 예뻐서 산 건데.

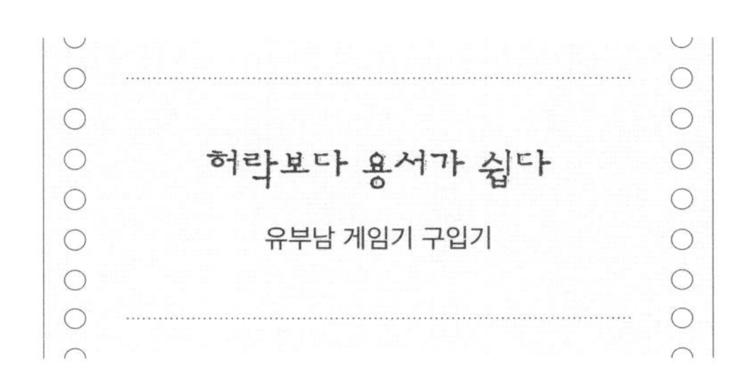

"허락보다 용서가 쉽다."

이제까지 본 광고 문구 중 최고였다. 플레이스테이션 4라는 가정용 게임기의 광고다. 총각 시절에 본 광고지만, 유부남이 된 지금 새삼 대단함을 느끼고 있다. 결론부터 이야기하자면 나는 저 게임기의 소유자다. 자랑을 하나 더 하자면, 놀랍게도 아내로부터 생일 선물로 받았다. 카메라, 낚싯대 등과 함께 최고난도에 해당하는 게임기 선물을 어떻게 받을 수 있었을까?

고백하건대 나를 게이머라고 소개할 수는 없을 것 같다. 일단 게임을 잘 못한다. 때문에 맨날 지기만 하니 게임을 안 하게 되었고, 남들 다 해봤다는 유명한 게임 중에도 안 해본 것이 많다. 어린 시절 오락실에서 한창 유행하던 격투 게임을 하면 한 판도 못 이겨보고 용돈을 날리기 일쑤였고,

E-스포츠라는 새로운 분야를 개척한 〈스타크래프트〉조차 친구들과 피시방에서 하면 제일 먼저 GG(게임에서 진 것을 인정한다는 표현으로, 'Good Game'의 준말)를 날리고 구경이나 하던 신세였다.

심지어 친구들끼리 만나는 약속을 하면 나를 빼고 먼저 피시방에서 게임을 한 뒤 내가 합류하는 일정으로 짜기도 한다. 게임과 친구를 동시에 사랑하는 그들 나름의 배려다.

그렇다고 모든 게임을 좋아하지 않는 건 아니다. 초등학교 시절에는 〈슈퍼마리오〉 한 번 해보겠다고 게임기 있는 친구에게 온갖 선물 공세를 했으며, 중고등학교 시절에는 컴퓨터게임 〈삼국지〉 시리즈의 공략법을 친구들과 돌려 보기도 했다. 그러나 돌아보건대 단 한 번도 게임의 모든 것을 완수하여 엔딩을 본 적은 없는 것 같다. 롤플레잉게임처럼 많은 요소가 담겨 있는 게임을 끈기 있게 하는 사람이 부럽다. 나는 매번 중도 포기하고 말았다. 잘하지 못하니 즐기지 못했고, 즐기지 못하니 멀어졌다.

이렇게 끈기 없는 나도 즐길 수 있는 게임들이 있었는데, 대표적으로 〈카트라이더〉와 축구게임인 〈위닝일레븐〉이다. 〈카트라이더〉는 앞서 이야기한 대로 친구들과 〈스타크래프트〉를 하다 지고 난 뒤 혼자 놀다가 발견했다. 캐릭터가 귀엽고 나름 자동차 레이싱의 속도감도 느낄 수 있어서 푹

빠졌다. 물론 가장 낮은 등급인 노란 장갑에서 벗어나지 못했지만 말이다.

그리고 지금 소장하고 있는 게임기를 만나게 해준 게임이 바로 〈위닝일레븐〉이었다. 아마도 2000년대 초반에 대학을 다녔던 남자라면 한 번쯤은 해보지 않았을까 싶다. 2002년 월드컵 열기와 박지성 선수의 EPL 진출로 최대 전성기를 맞았던 게임이다. 축구를 좋아하던 친구들과 한 게임만 하자 하고 시작하면 두세 시간이 훌쩍 지나가고는 했다. 단순한 축구게임이지만 지면 엄청나게 화가 나기도 했다. 지나간 일은 후회해 봐야 소용없지만, 그때 들인 돈과 시간이 가끔은 너무 아깝기도 하다. 하지만 다시 돌아간다고 해도 그대로 하지 않을까 싶다. 그 시간만큼은 정말 즐거웠기 때문에.

축구게임을 더 잘하고 싶어 게임기를 사서 집에서 연습할 생각까지 했다. 하지만 대학생이 사기에는 너무 비쌌고, 그때부터 게임기는 내 마음속 장바구니에 저장되었다. 장바구니 깊이 저장되어 있던 게임기를 꺼낸 계기는 다름 아닌 결혼이었다. 인터넷에서 혼수 마련할 때 게임기까지 한꺼번에 구매하라는 경험담들을 봤기 때문이다.

게임기를 산다면 대학 시절 축구게임의 동반자였던 플레이스테이션을 사고 싶었다. 플레이스테이션은 축구게임

"명심하라,

게임기를 사고픈 남편들이여.

최고의 명분은 같이 게임을 즐기자는 것이다."

외에도 많은 게임타이틀을 보유하고 있었다. 격투게임을 비롯해 다양한 롤플레잉게임 등이 있었지만 〈저스트 댄스〉라는 댄스게임이 눈에 확 들어왔다. '이걸로 다이어트도 할 수 있겠는걸?'

아내에게 부부가 함께 게임을 하는 청사진을 그려주었다. 귀여운 그래픽의 롤플레잉게임 〈뚱뚱보 공주 구출대작전〉, 한 번쯤 해보았을 〈뿌요뿌요〉와 〈테트리스〉, 다이어트를 위한 〈저스트 댄스〉 등 아내도 쉽게 따라 할 수 있는 게임들을 유튜브로 보여주었다. 그리고 프로모션 중인 지금 사야 싸게 구매할 수 있다는 것도 슬쩍 언급했다. 생각보다 일이 쉽게 풀렸다. 지인이 남편에게 사준 게임기를 남편이 잘 안 해서 싸게 팔겠다고 한 것이다. 거의 새 제품인데 가격은 반값이었다. 아내는 마침 내 생일도 다가오고 있으니, 생일 선물 겸해 게임기를 사주겠다고 했다. '나도 지인의 남편처럼 되지 않을까?' 하는 걱정은 뒤로하고 기쁜 마음으로 받기로 했다. 어쩌면 게임기의 전 주인은 날 미워할지도 모르겠다.

게임기도 비싸지만, 게임타이틀도 상당히 비싼 편이다. 그럴 땐 중고거래를 이용하자. 온라인 중고거래 카페도 있고, 강변이나 신도림 등지의 전자상가에서 중고 게임타이틀을 저렴하게 구매할 수 있다. 엔딩을 보면 다시 할 일이 많지 않은 롤플레잉게임이나, 철이 지난 스포츠게임들은 쉽게 구할 수 있다. 오히려 퍼즐게임이나 댄스게임은 구하기 어렵다고 한다. 그런 게임들은 언제든 다시 할 수 있기 때문이다.

아내와 함께 하려고 했던 귀여운 그래픽의 롤플레잉 게임은 한두 번 하다가 너무 어렵다며 서랍 구석에서 먼지가 쌓이고 있고, 댄스게임은 집들이 때 몇 번 틀어서 자랑했다가, 춤추는 아빠의 모습을 보면 웃어주는 딸 덕분에 강제 댄스 타임을 가지고 있다. 덕분에 정말 살이라도 빠진다면, 게임기 구매는 대성공이라 할 수 있지 않을까?

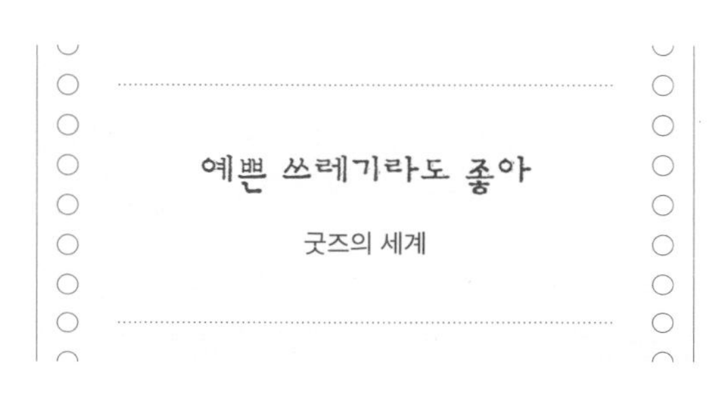

예쁜 쓰레기라도 좋아

굿즈의 세계

스타벅스 굿즈를 타기 위해 마시지도 않을 커피를 잔뜩 시킨 사람이 화제가 된 적이 있다. 자기 돈으로 커피를 사는 것을 뭐라고 할 수는 없겠지만, 수백 잔의 커피를 시켜서 굿즈만 가져갔다는 이야기가 상식적으로 들리지는 않는다. 이런 화제성 덕분인지 스타벅스 굿즈는 중고시장에서 증정 조건인 커피 열일곱 잔에 해당하는 금액에 거래되기도 했다. 무엇이 그들을 열광하게 했을까?

원래 굿즈는 해당 팬덤의 아이덴티티를 담은 팬시상품 정도만을 가리켰으나 이제는 사용 범위가 넓어져 사은품과 자체 제작 머천다이즈 상품도 굿즈라는 이름으로 불리고 있다. 내게도 몇 개의 굿즈가 있다. 학창 시절엔 좋아하는 만화의 배지를 사서 가방에 달고 다니기도 했으며, 서점에서 구매한 책에 딸려온 굿즈와 백화점에서 받은 고객 증정용 굿즈도 가지고 있다.

백화점에서 일정 금액 이상 구매하는 고객에게 증정하던 사은품도 이제는 굿즈라 불릴 만한 것들이 많아졌다. 예전에는 주 고객층인 주부들을 위한 냄비나 주방용품 등 생필품을 증정하는 경우가 많았다. 하지만 지금은 특정 캐릭터, 문화상품과 연계한 콜라보레이션 굿즈를 개발하는 경우가 생겼다. 예를 들면 유명 화가 페르난도 보테로의 작품을 바탕으로 디자인한 보냉백이 있다. 백화점 고객들이 좋아할 만한 예술가와 콜라보레이션해서 만든 굿즈인데, 이런 콜라보레이션 굿즈를 만들면 해당 작품 마니아들의 상품 구매를 유도할 수 있을 뿐만 아니라 큰 화제가 될 수도 있다.

콜라보레이션 굿즈를 만들 때 한 가지 고민거리는 해당 기업의 브랜드 로고를 어떻게 노출할 것인지다. 굿즈를 주는 업체 입장에서는 되도록 자신들의 로고 이미지를 크게 보이고 싶어 한다. 굿즈에 노출된 로고도 홍보 수단이기 때문이다. 반대로 굿즈를 받는 사람들은 기업의 로고가 크게 보이길 원하지 않는다. 굿즈를 기획하는 직원은 이러한 입장 차이에서 균형을 잘 맞추는 것이 중요하다.

반면 브랜드가 가진 파워가 팬덤을 형성해 브랜드 로고가 노출되는 것이 굿즈의 가치를 상승시키는 예도 있다. 스타벅스가 그런 경우다. 큰 인기를 끌었던 스타벅스 캐리어 굿즈에 백화점이나 마트의 로고가 크게 박혀 있다고 상상해 보자. 아마도 사람들의 관심을 끌진 못했을 것이다. 내친김에 앞서 말한 스타벅스 굿즈의 원가도 추산해 보자. 5000원짜리 음료 열일곱 잔에 해당하는 금액에 평균적인 판촉 비용률을 대입하면 만 원 내외다. 대량 발주로 저렴하게 만들었다고 하더라도 8만 원 정도인 중고거래 가격과는 차이가 크다. 스타벅스에 열광하는 팬덤이 그 가치를 끌어올린 것이다.

사람들은 스타벅스 굿즈에 열광하지만, 나는 다른 굿즈에 빠져 있다. 캔맥주에 세트로 증정되는 맥주잔이다. 술과 잔을 세트로 주는 것은 주류 브랜드에서는 자주 볼 수 있는 프로모션이다. 위스키, 전통주, 와인 등 주종을 가리지 않는다. 심지어 막걸리 회사에선 양은사발을 준 적도 있다. 그중에서도 맥주 회사들이 브랜드 고유의 아이덴티티가 담긴 잔을 잘 만든다. 가장 다양하기도 하다. 이미 우리 집 찬장에는 다양한 맥주잔이 진열되어 있는데, 웬만한 맥주 브랜드는 다 있다.

하지만 맥주잔들을 제외한 나의 굿즈 쇼핑은 대부분 실패였다. 특히 기억에 남는 건 서점에서 책을 구매하는 조건으로 저렴하게 산 틴케이스(양철 상자)이다, 살 때는 그렇게 예뻐 보이고 쓸 곳이 많아 보였는데, 막상 사고 보니 애매한

"사실 처음부터
쓸모 따윈 생각하지 않았다.
그냥 예뻐서 샀다."

크기라서 활용도가 낮았다. 결국 사무실 서랍을 장식하고 있는 예쁜 쓰레기로 전락하고 말았다.

사실 활용도가 높아서 굿즈를 사는 사람이 어디 있을까. 나 자신을 달랠 때 하는 생각이다. 그리고 오늘도 좋아하는 캐릭터의 굿즈를 보면 물욕을 참지 못하고 있다.

지극히 사적인 쇼핑
SOPN

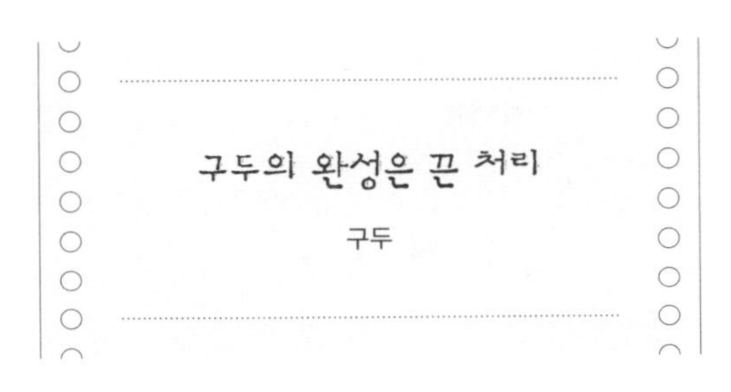

구두의 완성은 끈 처리

구두

이력서에 쓰지 못한 나의 숨겨진 취미는 신발 구경이다. 매장에 전시된 신발을 보면 늘 내가 가진 옷에 어울릴지 상상한다. 그리고 그 신발을 신고 걷는 모습을 상상한다. 하지만 모든 상상이 제대로 들어맞지는 않는다. 실패한 경우도 많다. 신발장 구석에는 디자인은 너무 예쁜데, 발에 맞지 않아 도저히 신을 수 없는 신발도 있다. 신발장 점유율이 아내보다 높은 건 물론이다.

신발장에 모셔진 신발의 종류도 다양하다. 정장 구두부터 스니커즈, 러닝화, 그리고 농구화까지 하나하나 모두 쓰임이 있고 스토리도 다양하다. 결혼하면서 많은 신발을 주변 사람들에게 나눠주었으나, 그래도 신발장이 비좁다. 안 신는 신발 다 가져다 버리고 미니멀한 신발장을 만들고 싶지만, 막상 버리려면 버릴 신발이 없다.

그중에서도 구두가 많다. 사람은 발이 편해야 한다는 말을 어디선가 듣고는, '일할 때 발이 편해야 한다'는 생각에 기능성 구두를 디자인별로 사 모았기 때문이다. 사회생활을 시작할 무렵에는 내 발의 사이즈도 제대로 몰라 작은 사이즈의 신발을 신었다가 퇴근할 때 쥐가 난 적도 있다. 세일 상품이지만 맞는 사이즈가 없는, 약간 작은 구두를 그냥 샀던 것 같다. 그 대가는 혹독했고 그때 이후로 구두는 무조건 내 사이즈보다 여유롭게 구매한다. 통풍이 잘되어 냄새나 무좀도 방지할 거라고 믿으며.

구두의 종류에는 여러 가지가 있지만 여름에는 발등에 가죽을 덧댄 로퍼와 밑창이 고무로 된 단화인 보트슈즈를 추천하고, 겨울에는 가장 기본인 플레인토나 윙팁, 버클이 달린 몽크스트랩을 추천한다. 나는 여름에는 덧신(페이크삭스)에 로퍼를 주로 신고, 겨울에는 어두운 계열의 장목 양말에 구두끈이 있는 구두를 신는다. 로퍼를 신는 여름에는 짧은 바짓단에 발목이 보이는 것을 선호하고, 겨울에는 상대적으로 긴 바짓단에 구두의 색과 맞춘 양말을 신어 다리가 길어 보이는 효과를 노린다. 여름에 로퍼를 신을 때면 종종 피부가 벗겨져 고생한 경험이 있어 부드러운 재질을 선호한다. 겨울에는 양말이 발을 보호해 주기 때문에 재질 생각하지 않고 구두로 멋을 부리고는 한다.

구두를 신을 때는 세 가지를 고려한다. 첫째는 입을 바지의 바짓단 길이, 둘째는 양말의 색깔, 셋째는 끈 처리다. 내가 선호하는 바짓단의 길이는 복숭아뼈에 끝이 딱 맞는 것이다. 바짓단의 길이는 사실 모두 선호하는 타입이 다르다. 너무 길어서 신발 위에 바지 주름이 잔뜩 잡히는 것만 피한다면 개인의 취향에 맞추면 된다. 나는 조금 짧게 입는 편인데, 서 있을 때 신발의 모습이 온전히 보이는 게 마음에 든다.

양말 색깔의 경우 신발의 톤에만 맞추면 된다. 예를 들어 검은색 구두에는 어두운 계열의 양말, 흰색 스니커즈의 경우는 흰색 계열의 양말 같은 식이다. 가끔 패션의 고수는 그 경계를 자유자재로 넘나들지만, 직장인의 처지에서는 톤을 맞춰주는 것이 깔끔해 보인다. 특히 날렵한 검은색 구두에 검은색 양말을 신으면 다리가 길어 보이는 것 같아 좋아한다.

마지막으로 구두끈은, 잘 묶는 법을 배우거나 아이디어 상품을 사용하면 간편하다. 유튜브에 '구두'라고 검색하면 구두끈 예쁘게 매는 콘텐츠가 많은데, 대부분 구두끈이 안 보이게 묶는 방식이다. 많은 사람들이 구두끈을 길게 묶은 다음 구두 안으로 넣어버리는데, 열에 아홉은 밖으로 다시 빠져나올 뿐 아니라 발등에 거치적거려서 추천하지 않는다. 구두끈이 없는 구두를 신으면 해결되지만, 구두끈 있는

"구두끈 이쁘게 묶을
자신이 없으면
실리콘 구두끈을 추천한다."

신발을 신는 것이 세련되고 격식 있다고 생각하는 사람도 많다.

복장 규정이 엄격한 회사에 다니는 친구가 있었는데, 늘 몸에 딱 맞는 어두운색 양복에 흰색 셔츠, 그리고 검은색 플레인토만 신고 다녔다. 신발도 구두끈이 없는 것은 신지 못하게 한다고 했다. 구두끈이 자주 풀려서 늘 신경이 쓰인다는 그 친구에게 아이디어 상품을 추천했다. 잡화점에서 구매할 수 있는, 매듭 없는 구두끈이다. 실리콘 재질로 된 구두끈을 구두의 양쪽 고리에 연결해 슬립온처럼 신을 수 있게 해주는 물건이다. 매듭이 없어 깔끔한 연출이 가능하고, 신고 벗기도 편해서 나도 집에 있는 모든 구두끈을 이걸로 바꾸었다. 발등이 낮아져 꽉 조이는 바람에 도저히 신을 수 없게 되는 경우도 있지만 대부분 편하게 잘 맞는다. 색깔이 다양해서 구두별로 맞추기 좋고, 가격도 저렴해서 부담 없다. 운동화용 상품도 있다.

이 상품과 함께 몇 가지 더 추천할 만한 신발 관련 아이템들이 있다. 하나는 구두의 모양을 잘 유지해 주고 보관을 쉽게 해주는 슈트리라는 상품이다. 다른 곳에서는 상당히 고가인데 다이소에서 저렴하게 구매할 수 있다. 그리고 운동화 클리너를 추천한다. 간편하게 운동화의 얼룩 등을 지울 수 있어서 유용하다. 이런 아이템을 가지고 주기적으로 신발을 관리해 주면 아끼는 신발들이 얼룩이 지거나 낡아서 신지 못하게 되는 불상사를 막을 수 있다. 관리하지 않으면 나중에 수선 비용이 새 신발 값만큼 나올 수 있다.

텔레비전에서 유명 연예인의 집이 나올 때면 신발장 구경하는 재미가 있다. 가끔은 정말 놀랄 정도로 많은 신발을 가지고 있는 이들도 있는데, 그 많은 신발들을 어떻게 관리하는지 궁금했다. 그러던 중 신발을 전용 케이스에 넣어서 보관하는 연예인의 집을 보았다. 거실의 한쪽 면이 모두 신발로 가득 차 있었다. 신발 컬렉션도 대단했지만, 무엇보다 신발 케이스들이 부러웠다. 플라스틱 재질의 신발 케이스는 사실 비싸지 않았다. 그러나 그걸 사봐야, 놓을 수 있는 넓은 집이 없을 뿐.

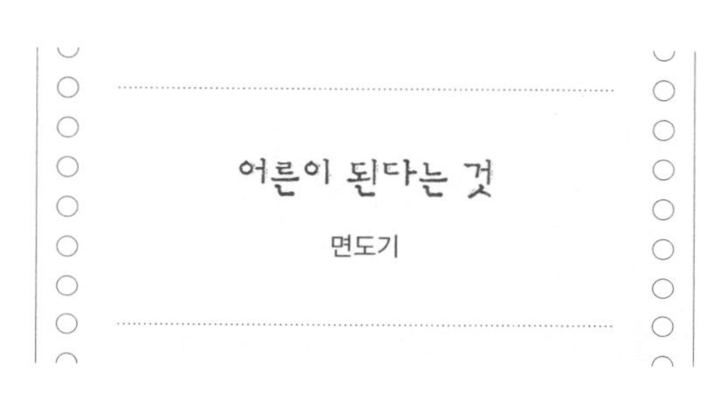

"너도 이제 어른이다."

중학생이 될 무렵 코 밑에 거뭇거뭇한 솜털이 자라자, 이제는 면도기를 써야 한다며 아버지께서 하신 말씀이다. 또래보다는 조금 일찍 난 편이었는데, 부드러운 솜털 주제에 제법 거뭇거뭇하여 당시 꽤나 신경 쓰였던 것 같다. 면도를 하기 시작하면 털이 더욱 억세고 짙어진다는 소문도 있어서, 면도에 대한 두려움도 있었다.

내 또래의 소년들은 면도하는 법을 제대로 배우지 못했다. 나도 아버지가 면도하시는 것을 어깨너머로 보고, 친구들끼리 알음알음으로 면도 방법을 공유했다. 요즘 아이들은 면도를 처음 시작할 때부터 유튜브를 통해 면도하는 법을 검색해서 배우지 않을까 싶다. 문득 이런 생각이 들 때면 세상이 좋아졌다 싶다.

고등학생 때부터는 매일 면도를 하기 시작했는데, 가장 큰 문제는 바로 여드름이었다. 턱에 난 여드름 때문에 면도할 때마다 살이 잘려 나가는 느낌이었고, 아침마다 턱에 흐르는 피를 닦기 바빴다. 30대 초반까지도 성인여드름 때문에 고생했고, 불혹을 앞둔 지금에야 여드름이 덜해졌다. 남성 호르몬이 약해졌다는 슬픈 신호지만, 더 이상 면도할 때 피를 볼 일이 없다는 것으로 위안 삼는다.

그렇게 아프다면 면도를 안 하면 되지 않느냐고 물을 수도 있지만, 며칠만 면도를 안 해도 제법 수염이 자란다. 덩치도 커서 면도 안 하고 나가면 《삼국지》의 장비 같다는 말을 듣기 일쑤였다. 그래서 찾아낸 대안이 바로 전기면도기로 하는 건식면도였다. 어린 소년이었을 때의 솜털과 달리 억센 수염이라 전기면도기로도 충분히 면도할 수 있었다. 다만 손면도기를 쓸 때보다 수염 자국이 많이 남았다. 꾸미고 싶은 날에는 덥수룩한 수염 자국이 눈에 밟혔다. 요즘은 패션으로 수염을 기르는 사람도 있지만, 예전에는 수염은 할리우드 영화에 나오는 선이 짙은 배우들에게나 어울리는 거라고 생각했다.

나이를 먹어 거의 유일하게 좋은 점은 더 이상 수염 자국에 스트레스를 받지 않는다는 것이다. 어릴 때는 어울리지 않았지만, 오히려 아저씨가 된 지금은 좀 자연스러운 느낌이다. 사실 아무리 애를 써도 없어지지 않기에 받아들이게 된 것 같다. 늘 가는 미용실에서 레이저 시술을 권한 적도 있다. 하지만 너무 고통스러울 것 같아 시도조차 하지 못했다. 피부과에서 여드름 짤 때도 너무 아팠는데, 그 이상의 고통이라니 상상조차 되지 않는다. 차라리 부지런히 면도하고 말겠다.

나처럼 트러블이 많은 피부를 가진 이들이 덜 고통받으며 면도하는 방법을 온라인에서 찾았는데, 상당히 효과가 있어서 공유한다.

* 손면도기(습식면도) 보다는 전기면도기(건식면도)가 피부에 자극이 덜하다.
* 다중날(멀티블레이드) 면도기는 깔끔하게 면도가 되나 여러 개의 칼날이 피부에 가까이 닿게 되므로 트러블이 생길 가능성이 있다. 칼날이 한두 개인 일회용 면도기가 피부에는 차라리 더 좋을 수 있다.
* 면도하기 전에 따뜻한 물로 세안해야 한다. 그래야 피부의 노폐물이 면도할 때 트러블을 덜 일으킨다.
* 깔끔하게 면도하려면 수염 결의 반대 방향으로 하는 게 낫지만, 피부에는 순방향으로 하는 게 더 좋다. 그리고 한 부위를 여러 번 하는 것보다, 한 번만 하는 게

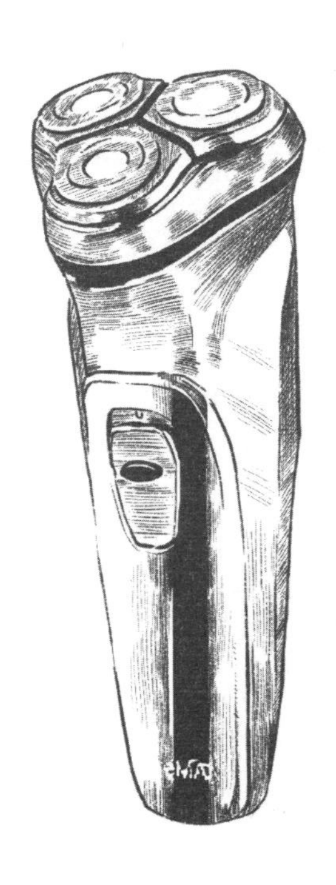

"면도기를 사기 전에
본인에게 맞는 면도법을
찾는 게 먼저다."

좋다.

* 털을 물에 불리는 게 좋다. 그러려면 샤워 중이나, 샤워 후에 면도하는 게 좋다.
* 면도할 때는 쉐이빙크림을 사용하고, 면도 후에는 보습제를 발라주면 좋다.
* 면도할 때 상처가 나면 그냥 두지 말고 항생제 연고 등을 발라주면 좋다.

(출처 : 유튜브 채널 '닥터필러 피부과전문의')

위의 면도법을 알기 전 나는 늘 면도를 먼저 하고 세안했다. 무려 20년을 넘게! 다시 한번 사람은 늘 배워야 한다는 것을 느꼈다. 손면도기보다 전기면도기가 피부에 더 좋다는 대목이 있는데, 나는 피부 상태가 좋을 때는 손면도기를 쓰고 트러블이 있을 때는 전기면도기를 사용한다.

깔끔하신 분들이 들으면 기겁할 이야기지만 사실 일회용 면도기를 사서 오래도록 쓰기도 했다. 일회용 면도기를 두 달 이상 썼던 적도 있는데, 가장 큰 이유는 면도날이 비싸서였다. 아직 날이 잘 드는 것 같은데 바꾸기가 아까워서 계속 쓰다가 면도날이 무뎌져 고통을 맛보고 난 뒤에야 새로 사는 경우가 많았다. 찾아보니 일회용 면도기를 여러 번 쓰는 이들이 생각보다 많았고, 3주 정도 쓰는 건 괜찮다고 한다. 다만 여러 사람이 돌려쓰는 것은 금물이라고 한다.

개인적인 감상이겠지만 나는 면도라는 말을 들으면 아버지가 떠오른다. 사춘기 시절 아버지는 내게 근엄하고 어려운 존재였지만, 딱 한 번 내게 장난을 치셨던 순간을 기억한다. 내가 자는 사이에 푸릇푸릇하게 난 솜털을 손면도기로 깎아주려고 하신 것이다. 내가 잠에서 깨서 장난은 실패하셨지만, 면도를 가르쳐주려 했다며 유쾌하게 웃으시던 모습이 생각난다. 아직도 생생한 추억이다.

얼마 전 아버지를 뵈었을 때 뭔가를 주섬주섬 챙겨주셨는데, 다름 아닌 손면도기였다. 요즘 인터넷에서 광고하는 제품을 사봤는데 이제껏 써본 것 중 최고였다며, 내게 주려고 하나 더 샀다고 하셨다. 온라인으로만 판매하는 상품이었는데, 아들 선물 주려고 스마트폰으로 주문하셨을 모습을 생각하니 참 애틋했다. 면도기 덕에 아버지와 나를 이어주는 추억이 하나 더 생겼다.

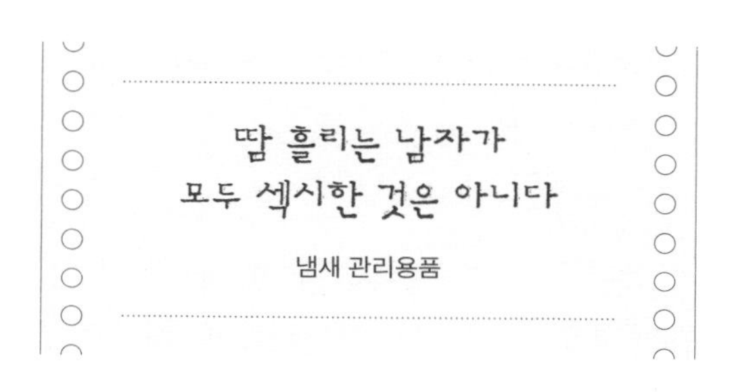

"땀이 많이 나는 편이다."

이 문장 하나가 얼마나 많은 불편함을 내포하는지 경험자들은 잘 알 것이다. 계단을 오르거나, 뜨겁거나 매운 음식을 먹을 때 땀샘이 터지면 주체가 안 된다. 그날 입은 옷이 흠뻑 젖는 것은 물론 이마에 흐른 땀으로 머리카락은 산발이 되기 일쑤다. 아저씨가 된 후부터는 손수건을 필수품으로 가지고 다니지만, 점심으로 설렁탕이라도 먹었다 하면 폭발하는 땀샘에 손수건도 무용지물이다.

그래도 머리가 산발이 되거나 옷이 젖는 수준에서 멈추면 다행이다. 가장 두려운 상황은 냄새가 나는 것이다. 심부름으로 이것저것 몸 쓸 일이 많았던 백화점 막내 시절에는 박스 몇 개만 들어도 등에 땀이 나기 시작했고, 심지어 복장이 정장이어서 등이 땀으로 범벅이 되기 일쑤였다. 냄새가 나지 않을까 두려웠지만 대처 방법을 몰랐다. 그리고 그 당시에는 거의 남자만 있는 팀에 근무해서 별로 신경도 쓰지 않았던 것 같다.

'남자는 나이가 들수록 냄새 관리를 해야 한다'는 글을 잡지에서 보고 난 후에야 주변이 다시 보이기 시작했던 것 같다. 회사에서도 같은 중년 남성이지만 냄새 관리를 철저히 하는 사람도 있었고, 가끔 말을 섞기 싫을 만큼 냄새가 나는 사람도 있었다. 땀 냄새뿐만 아니라 입 냄새나 담배 냄새, 혹은 관리 안 된 옷에서 나는 냄새도 나는 것 같았다. 아무래도 냄새 관리를 잘하는 사람이 더 깔끔하고 능력 있어 보였다. 심지어 가끔은 향기가 나는 사람도 있었는데, 그런 사람들은 필시 옷차림이나 책상도 깔끔하기 마련이었다.

그러면 나는 냄새가 나는 사람이었을까, 좋은 향기가 나는 사람이었을까? 그때 내가 내린 답은 '100퍼센트 좋지 않은 냄새가 난다'였다. 늘 땀에 젖은 셔츠를 입고 있었고, 담배도 피우고 커피까지 즐겨 마셨기 때문이다. 덩치도 지금보다 더 컸으니 영락없이 자기관리 안 하는 아저씨로 보였을 것이다. 회사에서 사람들과 대면할 일이 많았기에, 적어도 앞의 사람이 눈살 찌푸리지 않도록 냄새 관리를 하기로 결심했다.

냄새 관리는 결심만으로도 이미 절반은 성공이라고

할 수 있다. 왜냐하면 사람들은 대부분 본인 냄새를 모르고 있기 때문이다. 누군가의 면전에서 상대에게 냄새난다고 타박을 주는 사람은 거의 없으니까. 스스로 냄새가 난다는 사실을 인정하고 냄새 관리를 결심했다고 해서 바로 향수 매장으로 달려가서도 안 된다. 자칫 땀 냄새와 향수 냄새가 섞여 최악의 결과가 나올 수 있다. 경험한 바에 따르면 냄새 관리에도 단계가 있다. 나의 경우 첫 번째 단계는 땀 냄새를 방지하는 것이었다.

나 같은 땀쟁이들을 위한 제품이 있다. 바로 데오드란트다. 마트에도 전용 매대가 있을 정도로 다양한 브랜드의 상품들이 있다. 대부분의 제품을 써봤다. 나는 땀이 많이 나는 편이기에 스프레이보다는 물파스처럼 피부에 직접 바르는 롤온 형태의 제품이 더 잘 맞았다. 브랜드는 별 상관이 없었다. 심지어 해외 직구를 해보기도 했으나 특별히 뛰어난 제품도, 떨어지는 제품도 없었다. 그냥 기본적인 비누 향이 가장 무난했고, 속옷이 변색되는 부작용은 대부분 피할 수 없었다. 데오드란트의 향을 맡을 사람도 없을뿐더러, 그 향이 좋다고 할 사람은 더 없을 것이다. 데오드란트는 좋지 않은 냄새를 막아주는 기능이 가장 중요하다.

요즘은 데오드란트 외에도 바디스프레이가 인기를 끌고 있다. 바디스프레이는 좋은 않은 냄새를 막아주는 기능

"과유불급을 말할 때,
향수만 한 게 있을까?"

을 넘어 은은하게 좋은 향기를 풍기는 것을 목적으로 한다. 바디스프레이가 유명한 브랜드로 러시(Lush)가 있는데, 제법 가격이 나간다. 우리에게 익숙한 페브리즈를 맨몸에 뿌리는 걸 생각하면 된다. 너무 많이 뿌리면 호불호가 갈릴 수 있으니 주의해야 한다. 처음 바디스프레이를 쓸 때 양을 조절하지 못해서 상사에게 '머리가 아파 일을 못 하겠다'라며 한마디 들은 적도 있다.

섬유유연제를 좋은 향이 나는 것으로 바꾸는 것도 좋은 방법이다. 섬유유연제의 향이 옷에 은은하게 남기 때문이다. 얼마 전 방탄소년단의 정국이 본인이 쓰는 섬유유연제 제품을 말했더니 순식간에 매진되었던 일도 있었다. 팬들이 같은 향을 공유하고 싶어 구매했다고 한다. 이처럼 섬유유연제도 냄새 관리의 주요 아이템이라고 할 수 있다.

아마도 향수를 냄새 관리의 마지막 단계라고 할 수 있을 것 같다. 워낙 종류가 많아 자기에게 어울리는 제품을 고르기도 어려운 데다, 조금만 과해도 오히려 역효과가 나기 때문이다. 백화점처럼 부담스러운 곳이 아닌, 길가의 드럭스토어에서도 다양한 제품을 테스트해 볼 수 있다. 처음에는 그런 곳에서 마음에 드는 향을 가진 향수를 고르는 것을 추천한다. 달콤한 향부터 머스크향까지, 향수는 결국 본인이 가장 많이 그 냄새를 맡기 때문에 본인이 좋아하는 향을 선택해야 한다. 이렇게 향수의 무궁무진한 세계에 빠지게 되면 나중에는 지나가는 사람의 향을 맡고 어떤 향수인지 찾아내는 레벨에 오르게 된다. 사실 나는 그 단계까지는 도달하지 못했다. 좋아하는 향수가 무엇인지 물으면 답하는 정도다.

하지만 데오드란트에 바디스프레이 쓰고 향수 뿌려봤자 가장 중요한 건 잘 씻는 거다. 요즘 세상에 안 씻어서 냄새나는 사람은 없겠지만, 아무리 비싼 향수를 뿌린들 점심 먹은 뒤 담배 피우고 양치 안 하면 꽝이다. 어제 회식 때 입은 옷은 냄새 좀 빼고 입고, 점심 먹은 후나 담배 핀 후에는 꼭 입 냄새 체크 한 번 하면 중간은 간다. 동료나 후배가 내게 다가오지 않는 것은 일 때문이 아니라 냄새 때문일 수 있다는 생각을 한 번쯤 해보길 권한다.

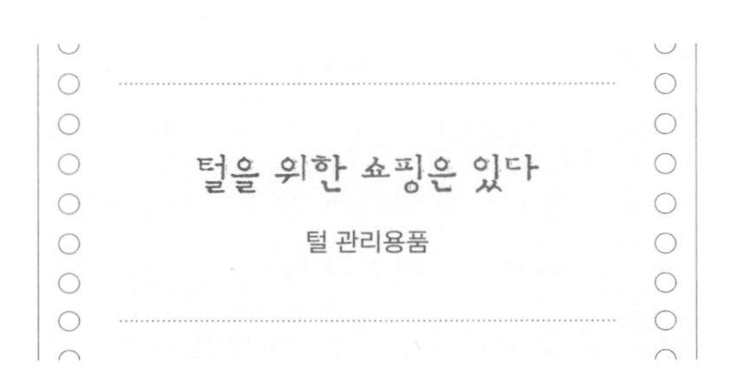

털을 위한 쇼핑은 있다

털 관리용품

남자의 머리는 외모의 8할이라는 말이 있다. 속된 말로 '머리빨'의 중요성을 말한 것이다. 두발 자유화라는 말조차 금기시되었던 나의 남중, 남고 시절 가장 절실했던 것은 구레나룻이었다. 군대에서도 마찬가지였다. 민간인은 절대 알 수 없고, 관심도 없을 군인들의 구레나룻 사수기는 눈물 없이는 들을 수 없다. 첫 직장인 백화점도 군대와 크게 다를 게 없었다. 갈색으로 살짝 염색하면 어려 보인다는 미용실 실장님의 제안에 넘어가 염색했다가 다음 날 출근해 한마디 듣고는 바로 '블루블랙'으로 셀프 염색을 했다.

나는 두상이 넙데데한 편이라 정면에서 보면 머리가 상당히 거대하다. 사실 절대적인 지름도 크다, 남들이 편하게 쓰는 모자인데 나는 머리가 조여서 아프다. 나처럼 큰 머리를 가진 자들의 머리 스타일은 절대적인 목표가 있다. 바로 머리가 작아 보이는 것. 여기에 가장 적합한 것이 바로 '투블럭컷'이다. '투블럭컷'은 쉽게 이야기해서 양옆의 머리카락을 짧게 쳐서 얼굴이 슬림해 보이는 스타일이다. 몇 년 전부터 유지하고 있는데, 옆머리가 금방 자라서 자주 미용실을 가야 하는 단점이 있다. 문득 군대에서 쓰던 이발기가 떠올랐다. 왠지 스스로도 할 수 있을 것 같았다. 석 달이면 본전을 뽑을 수 있지 않을까. 인터넷에 검색해 보니 생각보다 다양한 제품이 있었다. 한 번 쓰고 안 쓸지도 모르니 굳이 유명 브랜드의 비싼 제품보다는 중소기업의 저렴한 모델을 구매했다. 배송 온 이발기를 아내가 보더니 전에 키웠던 반려견용 미용 기계와 똑같이 생겼다며, 옆머리 미는 것을 도와주겠다고 했다. 그렇게 아마추어 두 명이 거울 앞에서 이발기를 들었다.

굳이 영화 〈아저씨〉에서 원빈이 각성하며 머리를 밀던 장면을 상상하진 말아달라. 현실은 녹록지 않았다. 미용실에서 봤을 때는 쉽게 쓱쓱 미는 것 같았는데, 이발기가 지나간 자리는 층을 이루어 마치 계단식 논처럼 되고 말았다. 수습하려 하면 할수록 머리 모양은 점점 이상해졌고, 결국 맨살이 드러나는 수준이 되었다. 전문가의 기술을 금방 따라 할 수 있으리라 착각한 대가였다. 그렇게 이발기는 한 번 쓰고 창고에 들어갔으며, 15년 단골인 미용실 실장님은 역시

나 훌륭하게 나의 머리를 수습해 주셨다.

머리털 말고도 남자는 털 관리를 해야 한다. '남자가 무슨 털 관리?'라고 물으신다면 드라마에서 남자가 폐인이 되거나 고생할 때 가장 식상한 클리셰가 면도를 못 하는 것임을 떠올려 보면 된다. 특히 콧속에서 삐져나온 코털은 남자끼리도 서로 챙겨줄 정도다. 며칠 동안 같은 옷을 입어도 서로 모를 정도로 무심한데, 1센티미터도 안 되는 코털은 서로 민감하게 챙겨주는 게 사실 묘하다.

아무도 관심 없을 남자의 코털 이야기를 해보자. 여자들도 동의할지는 모르겠지만 남자들끼리 해주는 조언 중에 '아무리 말끔하게 꾸미고 나가도 코털이 삐죽 나와 있으면 말짱 꽝'이라는 말이 있다. 그만큼 중요한데, 그렇다고 쉽게 정리할 수 있는 만만한 상대가 아니다. 코털 가위 등으로 수시로 잘라주기도 했지만, 어느새인가 가위질을 피한 기다란 가닥이 코 밖으로 나오기 일쑤였다. 그때 발견한 것이 전동 코털 정리기였다. 기존 코털 가위의 열 배가 넘는 2만 원대의 가격이긴 했지만 사고 보니 신세계였다. 기존의 코털 가위가 숱을 치는 수준이라고 하면, 전동 코털 정리기는 잔디 깎는 기계 수준으로 정리해 준다. 주 1회 정도 써본 결과 코털이 삐져나오는 빈도가 매우 줄었다.

또 하나의 털 관리 시크릿 아이템은 다리털을 정리해

"남성 털 관리의 목적은
제모가 아니라 적정한 숱이다."

줄 수 있는 남성용 레그트리머다. 남자의 다리털은 말 그대로 계륵 같은 존재인데, 너무 많아도 곤란하지만 아예 없어도 아쉽기 때문이다. 직장인이 되고 나서 맨다리를 드러낼 일은 거의 없었지만, 여름에 반바지나 앵클팬츠를 입을 때 유용하게 쓸 수 있었다. 면도기같이 생긴 트리머를 쓱쓱 문질러 주면 다리털이 정리된다. 칼날이 드문드문 있어서 숱가위처럼 횟수에 따라서 다리털을 얼마나 남길지 조절할 수 있다. 나는 여름이 다가오면 한 번씩 정리하고는 하는데, 사용해 보신 분들은 알겠지만 다리털이 다시 자랄 때 따르는 간지러움이 꽤 고통스럽다.

이런 이야기를 하면 '남자가 뭘 그런 것까지 하느냐'는 분들이 가끔 있다. 대부분 어른이라 앞에서는 그냥 허허 웃으며 넘어갔지만 사실 그분들에게 드리고 싶은 말이 있다. 하고 싶지 않으면 안 해도 된다. 다만 그루밍 하는 남자들을 비웃기에 앞서 스스로가 본인의 매력을 위해 무엇을 노력했는지 먼저 생각해 봤으면 한다. 본인들이 생각하는 '남자다움'이 관리를 게을리하는 것을 뜻하는 게 아니라면 말이다.

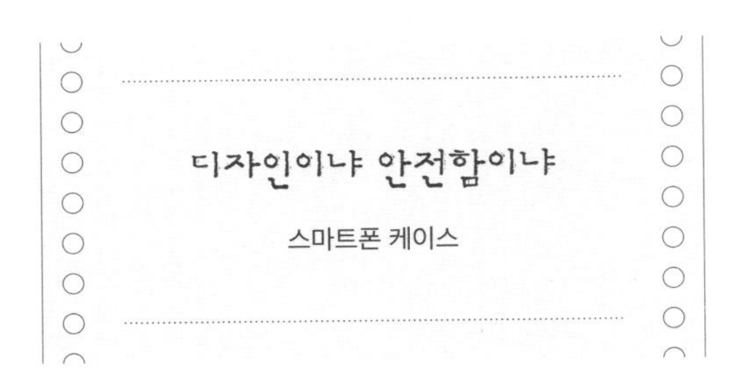

디자인이냐 안전함이냐

스마트폰 케이스

나에게는 두 개의 심장이 있다. 하나는 가슴 속에 있고 하나는 손에 들고 다닌다. 두 번째 심장, 바로 비싼 돈 주고 산 스마트폰이다. 상처라도 날까 봐 소중하게 쥐고 다닌다. 하지만 아무리 소중하게 들고 다닌들 사람은 실수하기 마련이다. 심지어 덜렁대는 성격이라 몇 번은 떨어뜨린 것 같다. 스마트폰을 놓치면 순간 가슴이 철렁하다. 흠집이 나는 정도면 괜찮지만 화면에 금이라도 간다면 찰나의 실수로 지불해야 할 대가가 너무 커서 아찔하다. 다행히도 아직 스마트폰에는 큰 상처가 없다. 주인의 실수를 막아주는 든든한 케이스 덕분이다.

돌이켜 보면 휴대전화에 케이스를 씌운다는 것 자체가 그리 오래된 일이 아니다. 내 생에 첫 휴대전화는 안테나가 달린 PCS폰이었다. 그 시절 휴대전화 케이스는 필요 없는 물건이었다. 버튼을 가리고 있는 플립 덮개를 새끼손가락으로 경쾌하게 열며 통화하는 모습을 스스로 멋있다고 생각하던 시절이었다. 얼마 지나지 않아 피처폰(안드로이드, iOS 등 모바일 운영체제가 설치되어 있지 않으나, 통화 외에도 다양한 부가 기능이 있는 휴대전화)들이 등장했다.

당시 모토로라의 레이저라는 폴더폰이 인기였는데, 휴대전화를 보고 처음으로 디자인이 참 예쁘다고 생각했다. 아르바이트를 하고 용돈을 모아 처음 그 휴대전화를 가지게 된 순간, 기쁜 마음과 동시에 두려움이 생겼다. '이 아름다운 물건을 떨어뜨려 상처가 생기면 어쩌지?' 아마도 휴대전화 케이스가 필요하다고 느낀 첫 순간이었던 것 같다. 아이러니하게도 휴대전화의 디자인이 발전하자, 그 디자인을 가릴 수밖에 없는 케이스를 씌우게 된 것이다. 당시의 휴대전화 케이스는 플라스틱 소재로 휴대전화의 겉면에 부착하는 형태가 대부분이었다. 그래도 색깔별로 케이스를 바꿔가는 재미는 있었다.

아이폰의 등장으로 스마트폰 시대가 열리면서 케이스 시장 또한 급성장했다. 아이폰 국내 첫 출시가 2009년 말이니 스마트폰 케이스의 시대는 10년 정도 된 셈이다. 처음에는 스마트폰 케이스의 덕목은 오직 기기 보호였다. 피처폰과 달리 스마트폰은 액정이 크고 외부에 노출되어 있어 파

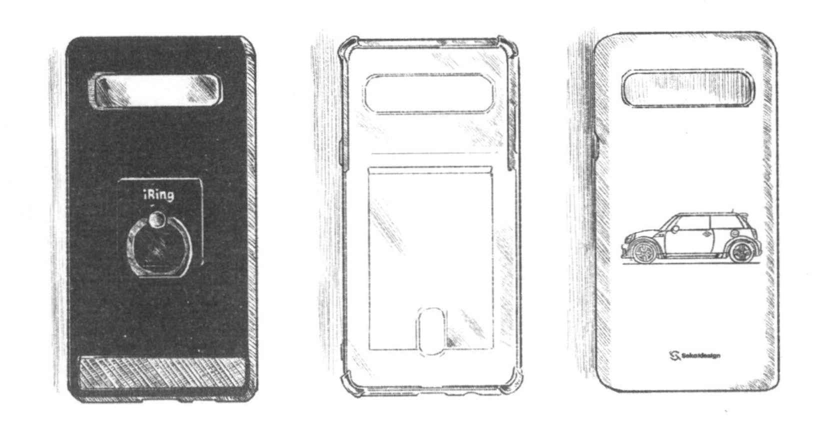

"휴대전화 케이스의 본래 목적은
기기 보호이겠지만,
그만큼 중요한 게 바로 디자인이다"

손되기 쉽기 때문이었다. 새로운 스마트폰을 사자마자 떨어뜨려 액정이 깨졌는데, 거의 새 기기를 사도 될 만큼의 수리 비용이 나왔다는 안타까운 사연이 들리기도 했다.

나 또한 당시 처음으로 큼지막한 화면을 가진 스마트폰을 사자마자 화면에는 필름을 부착했다. 그리고 스마트폰을 한층 더 크고 두껍게 만들어주는 케이스를 씌웠다. 아름다운 스마트폰의 모습은 가끔 집에서 케이스를 벗길 때 혼자 감상할 뿐이었다. 하지만 두꺼운 케이스가 원망스럽기는커녕 늘 감사했다. 손에서 기름이라도 나는지 스마트폰을 떨어뜨린 적이 많았기 때문이다. 덩치가 크고 험상궂은 케이스 덕에 나의 첫 스마트폰은 작은 흉터 하나 없는 백옥 피부로 여생을 마치고 좋은 가격에 중고로 판매될 수 있었다.

기기 보호 기능에 만족한 사람들은 점점 더 많은 기능을 원하기 시작했다. 그중 하나가 수납력이다. 교통카드나 신용카드 등을 담을 수 있는 케이스들이 나오기 시작했다. 아예 지갑을 대신할 수 있는 디자인의 케이스들도 있다. 장지갑처럼 한 면에는 스마트폰, 다른 면에는 카드나 현금 등을 수납할 수 있는 디자인인데, 현재 어머니와 장모님 모두 이런 케이스를 사용하고 계신다. 특정할 수는 없겠으나, 중장년 여성층의 구매 욕구를 정확히 만족시키는 상품인 것 같다.

다만 나는 어느 순간부터 지갑을 들고 다니지 않게 되었다. 어차피 카드는 스마트폰이 제공하는 핀테크를 사용하면 되고, 교통카드 기능도 마찬가지다. 그나마 마지막 보루였던 신분증마저 얼마 전 정부의 정책으로 스마트폰 인증이 가능해졌다. 그러다 보니 지갑을 들고 다닐 이유가 없어졌다. 패션 아이템으로 지갑을 구매하는 행위가 스마트폰 케이스를 구매하는 것으로 대체되었다. 이런 트렌드에 명품 브랜드들도 스마트폰 케이스를 출시하고 있다. 3D 프린터 기술의 발전으로 스마트폰 케이스 제작이 쉬워지면서, 소규모 업체나 개인 디자이너들도 다양한 디자인의 케이스를 출시하고 있다. 형태와 소재도 다양해지고 있다. 핸드백처럼 어깨에 걸 수 있게 스트랩이 달린 케이스부터, 우주선 소재로 만든 케이스까지 등장했다.

아침에 출근할 때 챙기는 물건들이 10년 만에 확 바뀌었다. 10년 전에는 챙기는 것들이 휴대전화, MP3, 유선 이어폰, 지갑까지 네 가지였다면 지금은 스마트폰, 무선 이어폰 두 개뿐이다. 스마트폰이 지갑과 MP3를 대체해 버렸다. 하루하루의 변화는 잘 모르겠는데, 이렇게 보니 세상 참 많이 바뀐 것 같다.

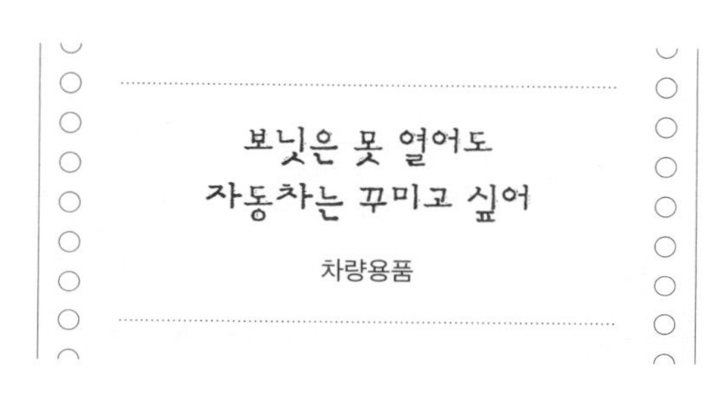

보닛은 못 열어도 자동차는 꾸미고 싶어

차량용품

내 첫 번째 차의 이름은 '존심이'였다. 96년식 구형 프라이드였는데, 친구들이 어디 가서 기죽지 말라는 뜻으로 붙여준 이름이었다. 나름 오토매틱 기어였고, 앞자리 창문도 자동으로 여닫을 수 있었다(뒷자리 창문은 수동이었다). 다만 에어컨과 히터가 잘 작동하지 않아 겨울에는 춥고 여름에는 더웠다. 사촌 형이 폐차한다기에 넘겨받은 차였는데, 당시에는 뭐가 그리 좋았는지. 하루가 멀다 하고 쓸고 닦았다.

차 안은 그야말로 나만의 공간! 시동을 걸고 카팩(자동차 카세트테이프에 AUX로 연결해 다른 오디오 기기를 플레이할 수 있게 해주는 제품)으로 음악을 틀면 음악감상실이 되었다. 당시 나는 보닛 여는 방법도 모르던 요즘 말로 '차알못'이었지만, 이 공간을 꾸미고 싶은 마음은 있었다. 그러나 뭐부터 해야 할지 몰라서 기껏 한 것이 목쿠션과 통풍구에 거는 컵홀더를 산 것 정도였다. 심지어 전 주인이 해치에 붙여놓은 대형 독수리 스티커조차 떼지 못해 그냥 붙이고 다녔다.

첫 차인 '존심이'와의 이별은 별안간 찾아왔다. 주말 출근을 하던 날 갑자기 도로에서 타이어가 찢어진 것이다. 아찔한 경험이었다. 마침 직장생활로 돈도 모은 터라 새 차를 사고 싶다는 욕망이 스멀스멀 올라오던 차에 명분이 생기고 말았다. 첫 차는 시세보다 몇만 원 더 받고 지구 반대편 아프리카 대륙으로 보내고, 흰색 SUV를 샀다. 연식 차이를 보니 첫 차의 16년 후 모델이었는데, 블루투스 연결이 되는 등 기술이 비약적으로 발전했음을 느꼈다. 여름에는 시원하고 겨울에는 따뜻한 게 가장 큰 변화였다.

차를 세워두고 멍하니 바라만 보고 있어도 웃음이 났다. '어쩌면 저렇게 차가 예쁠까?'라는 생각이 들 정도였다. 선루프를 열고 머리 위로 쏟아지는 햇빛을 받으며 선글라스 속에서 성공한 남자의 웃음을 짓기도 했다. 당시 방영 중이던 드라마 《신사의 품격》에서 장동건이 타고 다니던 벤츠의 애칭인 '베티'를 따라서 '써티'라고 이름도 지어줬다. 서른 살에 샀다는 뜻이었다.

친구나 직장 동료의 차를 얻어 타게 되면 늘 내부를 관찰하고, 좋은 것은 따라 샀다. 소위 '카테리어'에 눈을 뜬 것이다. 가장 만족했던 것은 콘솔박스 쿠션이었다. 나만 그런 것인지 모르겠지만 운전을 하다 보면 자연스레 콘솔박스에 오른쪽 팔꿈치를 올리게 된다. 그런데 그 위에 부드러운 가죽 쿠션을 붙여두니 운전 자세가 매우 편안해졌다. 콘솔박스 뚜껑에 고무줄로 간단히 설치할 수 있고 가격도 비싸지 않아 만족도가 높았다.

핸들 커버도 마음에 들었다. 장점이 여러 가지인데, 일단 겨울에 차가운 운전대를 잡는 고통을 덜어준다. 핸들을 따뜻하게 데워주는 열선이 옵션으로 들어간 차도 있지만, 열선이 없다면 핸들 커버만 설치해도 훨씬 낫다. 뿐만 아니라 핸들의 미끄럼 방지 기능과 더불어 잡을 때의 느낌도 더 좋게 해준다. 나는 원색의 핸들 커버를 샀는데, 무채색 위주인 차량 내에 인테리어 포인트가 되어서 좋았다.

스마트폰 앱이 길 안내를 해주는 요즘에는 스마트폰 거치대가 필수다. 다양한 형태의 거치대가 있었으나 충전 케이블만은 어쩌지 못했는데, 얼마 전 무선충전이 가능한 스마트폰 거치대가 나왔다. 스마트폰을 올려놓기만 해도 충전이 되는 아이디어 상품이었다. 무엇보다도 자동으로 스마트폰의 크기에 맞춰 받침대가 조절되는 것이 멋있었다. 뭔가 미래의 기술을 사용하는 느낌이었다.

결혼 후에는 혼자 탈 때보다 청소에 신경을 쓰게 되었다. 이참에 흙 묻은 신발 등으로 더러워진 매트부터 새것으

"친구의 새 차보다
무선충전 거치대가 더 탐났었다."

로 바꾸었다. 바닥과 옆면을 동시에 감싸주어 청소가 편하다는 3D매트를 구매했다. 다만 매트가 차에 딱 맞지 않아 먼지가 쌓여 만족스럽지 못했다. 아내는 내가 청소를 자주 하지 않기 때문이라고 타박하는데, 사실 틀린 말은 아니다.

셀프 세차가 취미이고 차를 잘 꾸미는 친구에게 추천받은 카테리어 아이템은 대시보드 커버와 도어 커버였다. 대시보드 커버는 대시보드 위를 덮어주는 것으로 다양한 소재가 있다. 여름에 차량 내부 온도 상승을 막아주기도 하고, 무엇보다 청소가 쉽다. 대시보드는 먼지는 쉽게 쌓이고 청소는 어려운데, 커버를 씌워두면 이것만 벗겨서 털어주면 청소가 끝나기 때문이다. 도어 커버는 발이 문에 닿아 생기는 얼룩과 스크래치를 막아준다. 차에 타고 내릴 때 발이 많이 닿는 SUV에 특히 필요하다.

세상에는 차를 아끼는 사람이 많아 심지어 취미가 세차인 분이 꽤 많다. 유튜브에 '셀프 세차'로 검색하면 정말 다양한 콘텐츠가 나올 뿐 아니라, 관련 용품만 전문으로 판매하는 인터넷 쇼핑몰이 있을 정도다. 나도 분무기로 뿌리고 수건으로 닦기만 하면 간단하게 손 세차를 할 수 있다는 아이디어 상품을 산 적이 있다. 돈이 아까워 세차를 미루다 보니 차가 황토색인 줄 알았다는 말을 들을 정도로 차에 먼지가 쌓였을 때였다. 광고처럼 쉬울 줄 알았던 세차는 한 시간을 넘겼고, 결과물도 영 만족스럽지 않았다. 땀을 뻘뻘 흘리며 차를 닦는 동안 귀가 얇은 자신을 원망했다. 그때 깨달았다. 내가 차를 아끼는 정도는 셀프 세차까지는 아니고 기계 세차까지라는 걸.

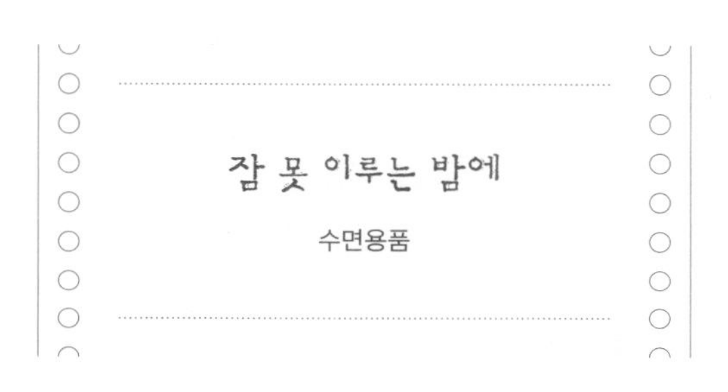

잠 못 이루는 밤에

수면용품

'있는 놈이 더하다.'

주식 투자로 대박 났다는 선배가 커피값을 걱정할 때, 누가 봐도 마른 사람이 다이어트를 한다고 할 때 떠올렸던 말이다. 나 자신은 여기 해당한다고 생각한 적이 없는데, 얼마 전 불면증을 호소하는 선배를 보고 조금 미안한 마음이 들었다. 나는 때와 장소를 가리지 않고 '머리만 대면 잔다'는 소릴 듣는데, 그럼에도 숙면을 위한 아이템에 투자를 아끼지 않는다. 더 잘 자고 싶어서.

숙면에 가장 핵심적인 역할을 하는 것은 침대와 이불, 베개 등 역시 침구류다. 혼수를 고를 때 가장 심혈을 기울여 고른 것이 침대였으며 계절별로 여름에는 냉감 이불, 겨울에는 거위털 이불을 덮는다. 특히 여름이면 나의 잠자리는 냉감 소재로 도배되어 있다. 올해는 여름용 베개를 장만하려

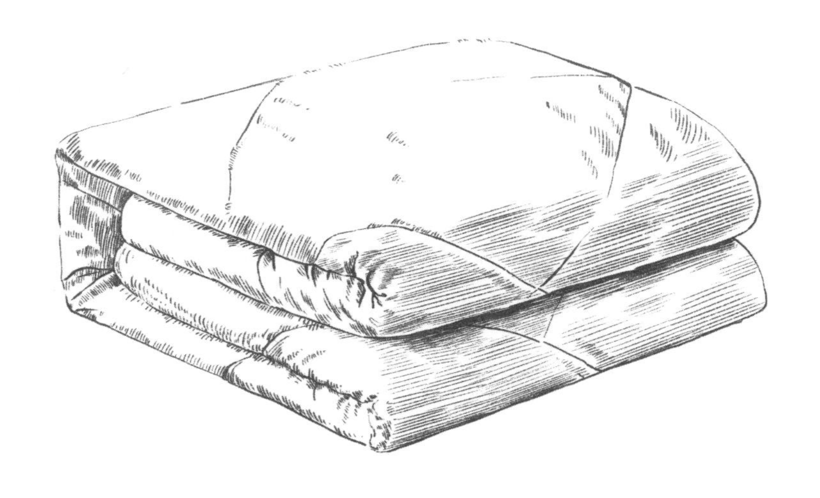

"냉감 이불.
열대야를 버티게 해줄
나의 시원한 구원자여!"

고 하는데, 다양한 종류의 아이템이 있어 고민이다. 이렇게 새로운 여름 아이디어 상품이 나올 때마다, 세상 좋아졌다는 감탄을 한다. 예전 같았으면 더위를 타고 땀이 많이 나는 것은 개인의 사정이었으나, 이제는 그 개인을 위해 제품이 나온다.

옆으로 누워 베개를 팔로 감싸는 자세로 자기 때문에 개인적으로 베개의 재질과 촉감도 중요하게 여기는 편이다. 편백 베개부터 푹신한 비즈 베개, 라텍스 베개 등을 써보았으나 결국 낮은 높이의 솜 베개로 정착했다. 적당한 탄력이 있고 낮아야 자고 나서 목이 편하기 때문이다.

편안한 잠옷도 중요하다. 잘 때 약간의 불편함이라도 있으면 잘 자기 어렵다. 어렸을 적 드라마나 영화 속 주인공은 모두 실크 잠옷을 입고 있었는데, 그래서 나도 크면 당연히 실크 잠옷을 입게 될 줄 알았다. 그러나 지금 내 주변에서는 실크 잠옷을 입고 자는 사람을 찾기 어렵다. 목 늘어난 티셔츠에 트레이닝복 차림으로 자던 총각 때에는 막연하게 결혼하면 커플 잠옷을 입고 잘 거라고 상상했지만, 이것 또한 역시 상상에 불과했다. 역시 잘 때는 편한 옷이 최고다.

살면서 실패한 쇼핑을 뽑으면 세 손가락 안에 드는 것도 잠옷이었다. 정확히는 로브인데, 《효리네 민박》에서 이효리가 입어서 유행했다. 심지어 나는 유행하기도 전에 떨이로 세일하는 로브를 샀는데, 당시에는 벽난로 앞에서 체크무늬 로브를 입고 잠을 청하는 자신을 상상했다. 하지만 우리 집에는 당연히 벽난로가 없었고, 막상 로브를 입고 누우니 등이 배기는 등 불편해 정작 몇 번 입지도 않고 장식용으로 걸어두었다. 보는 사람마다 저런 걸 왜 샀냐고 물었는데, 차마 허세 때문에 샀다고는 말하지 못했다.

뜨끈한 바닥도 숙면에 필수 요소다. 요즘 유명 연예인이 광고하는 기절 베개라는 것이 있던데, 기절이라는 말은 온수 매트에 써야 한다. 내가 언제 잠이 들었는지조차 기억나지 않을 정도로 잘 자게 된다. 문제는 아침에 일어나기가 너무 힘들다는 것. 간신히 정신을 차리려 해도 뜨끈한 온수 매트에 몸이 녹아 몇 번의 알람을 더 듣고서야 간신히 일어나게 된다. 온수 매트만 있다면 인간도 곰처럼 겨울잠을 잘 수 있지 않을까?

개인적 경험을 바탕으로 수면 안대와 수면 양말은 추천하지 않는다. 수면 안대의 경우 반듯한 자세로 자는 사람에게는 효과가 있겠으나, 나처럼 잠버릇이 고약한 사람은 일어났을 때 안대가 어딘가로 사라져버리기 일쑤다. 가끔은 안대가 꼬여 목을 조르기도 한다. 수면 양말은 도톰한 재질 때문에 땀이 차는 게 문제였다. 물론 개인차가 있을 것이다.

후각도 잘 자는 데 영향을 끼치는 것 같다. 선물 받은 것 중에 자기 전 베개에 뿌리는 필로우 미스트가 있는데, 숙면을 도와주는 효과가 있다고 한다. 뿌리면서 베개 커버가 오염될까 걱정이긴 했는데, 무색에 향이 강하지 않아 마음에 들었다. 누군가에게 선물할 신선한 아이템을 찾는다면 필로우 미스트도 좋을 것 같다.

잠을 잘 자는 편이라고 자부하지만, 고민이 있는 날에는 가끔 잠을 설치기도 한다. 그럴 때 쓰는 나만의 필살 수면 공식이 있다. 우선은 아로마 오일을 활용한다. 은은한 향의 오일을 아로마 디퓨저에 넣거나, 목 뒤에 살짝 바른다. 그리고 이게 핵심인데, 낭독 팟캐스트를 틀어놓는다. 보통 30분 취침 예약으로 해두는데 단 한 번도 끝까지 들어본 적이 없다. 누구에게나 같은 효과를 낼 것 같진 않고, 그보다는 운동선수가 경기를 앞두고 하는 루틴 같은 것이 아닐까 싶긴 하다. 어쨌건 이제는 몸이 익숙해져 자연스레 잠이 든다. 불면증에 시달린다면 한 번쯤 본인만의 잠드는 루틴을 만들어보길 권한다.

슬기로운 가정생활

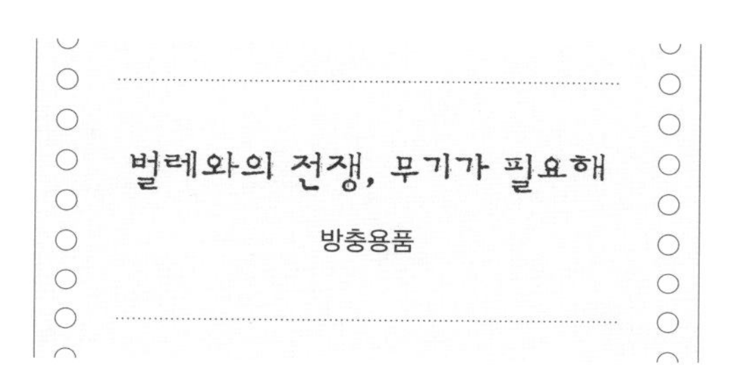

벌레와의 전쟁, 무기가 필요해

방충용품

언젠가 거실 벽을 타고 돈벌레(그리마)가 지나가는 것을 보았다. 아내는 비명을 질렀고 나도 소름이 돋았지만 도저히 잡을 용기가 나지 않았다. 나는 아내를 설득했다. 저 벌레는 해충이 아니라 익충으로 해충들의 알을 잡아먹어서 오히려 우리에게 이롭다는 둥, 번식력이 없어서 금방 없어질 것이라는 둥 갖은 변명을 해보았지만 통하지 않았다. 결국 덜덜 떨며 돈벌레를 쓰레받기로 가두어 밖으로 내보냈다. 안정을 되찾은 아내가 '왜 돈벌레라고 부르는 거야?'라고 물었다. 인터넷에 검색하니 해충 박멸 기업 세스코에서 게시판에 달아놓은 설명이 있었다.

"돈벌레가 돈을 벌어다 준다는 미신은 잘못된 것이며, 한국전쟁 이후 미제 물건을 통해 한국에 유입된 그리마(돈벌레)가 부잣집에서 발견된다고 해서 붙여진 이름이다."

돈벌레. 이름은 그럴싸하지만 생긴 건 정말 무섭고, 가려움을 유발하는 독을 가진 해충이다. 아내는 돈벌레의 비주얼 쇼크에서 벗어나지 못했는지 그날 이후 먼지만 봐도 돈벌레일까 공포에 사로잡혔다. 아내를 위해 난 벌레와의 전쟁을 선포했다(나를 위해서이기도 했다). 목표는 30년 넘은 아파트인 신혼집에서 모기를 비롯한 모든 곤충류를 퇴거시키는 것. 안 된다면 적어도 우리 눈에 띄지 않기를 바랐다. 특히 아내의 눈에는 더더욱 발견되지 않아야 했다. 나의 전쟁에 함께한 무기들을 소개한다. 벌레와 전쟁 중인 전우들에게 도움이 되었으면 좋겠다.

① 화장실 배수구 트랩

하수구를 타고 올라오는 해충과 악취를 막아준다고 한다. 사기 전에는 설치하기가 어려울까 고민이었지만, 받고 보니 매우 직관적이고 쉬웠다. 위에서 내려오는 물은 칼집 사이로 자연스럽게 빠져나가지만, 벌레들은 밑에서 위로 올라오지 못하는 구조다. 설치 전후를 비교하면 가장 큰 효과를 보았다.

② 방충망 보수 테이프

신혼집의 방충망은 오래되어 구멍이 난 곳이 많았고,

창틀 위아래 틈새로 모기가 들어오기 일쑤였다. 한 곳이라도 구멍이 있으면 아무리 촘촘한 방충망도 무용지물이다. 해충 박멸 작전 중 가장 섬세하고 귀찮은 작업이지만, 대충하면 모든 노력이 헛수고가 되고 만다. 인터넷이나 잡화점을 통해 사이즈별로 저렴하게 구매할 수 있다.

③ 전기 모기채와 대형 모기채

전기 모기채는 모기와 날벌레 잡는 데는 최고의 무기다. 벌레 입장에서는 잔인한 이야기일 수도 있지만, 모기를 잡을 때 벽지가 더러워지지 않는 장점도 있다. 사용법도 쉬워서 아내가 모기를 잡을 때 주로 사용한다. 대형 모기채는 몇 년 전 다이소에서 아이디어 상품으로 판매하던 것인데, 별로 팔리지 않았는지 현재는 판매되지 않는다. 기어 다니는 덩치 큰 벌레를 기절시키는 데에는 탁월했다. 벌레를 죽이는 것조차 겁내는 이들이 쓰는 '기절시키기 → 쓰레받기 등으로 포획 → 야외 화단 등에 방생' 방법에 적합했다. 사실 전기 모기채를 휘두를 때마다 토르의 묠니르가 떠올랐다.

④ 습기 제거제

벌레는 습기를 좋아한다. 그래서 습기 제거제 두 상자를 샀다. 옷장부터 거실 선반 밑까지 곳곳에 습기 제거제를

"모기 박멸의 역사는
전기 모기채의 등장
전과 후로 나뉜다."

배치했다. 습기 제거는 사실 해충 퇴치가 아니라 예방에 가까우므로 드라마틱한 효과를 보지는 못했다. 다만 '벌레가 우리에게서 멀어지겠지'라는 안도감을 줬다.

⑤ 기타 잡다한 방법들

벌레가 발코니 하수구를 통해 올라온다는 것을 인터넷에서 보고, 박스테이프와 스카치테이프를 동원해서 발코니 하수구를 비롯하여 벽지 사이까지 2중으로 막았다. 물류창고에서 벌레들이 택배 상자에 알을 깐다는 도시 괴담을 아내가 직장 동료에게 듣고 온 이후 택배 상자는 바로 버리거나 살충제를 뿌린다. 아기가 모기에 물린 것이 속상해 구매한 LED 감전식 모기퇴치기는 단 한 마리의 모기도 잡지 못했고, 결국 LED 장식품이 되고 말았다. 이 모든 시도는 해충 퇴치를 위해 지푸라기라도 잡고 싶은 절박한 심정으로 시도한 것들이다.

사실 그 이후 우리 집이 정말로 벌레 안전지대가 되었는지는 모르겠다. 다만 적어도 덩치가 큰 녀석들은(무당벌레 크기를 기준으로 나눈다, 우리 집만의 기준이다) 1년 뒤 이사 갈 때까진 눈에 띄지 않았다. 그것이 정말 저 아이템들의 효과인지, 아니면 굼떠서 생존력이 떨어지는 아이들이 먼저 몰니르에 의해 모조리 제거된 뒤라 더는 내 눈에 띄지 않은 것인지는 모른다.

"오빠, 요즘은 그래도 벌레가 안 나오는 것 같아."

"그럼! 세스코 버금가는 남편의 방역시스템을 믿어보세요."

벌레와의 전쟁에서 승리했는지는 모르겠으나, 다만 아내가 안심했으면 되었다.

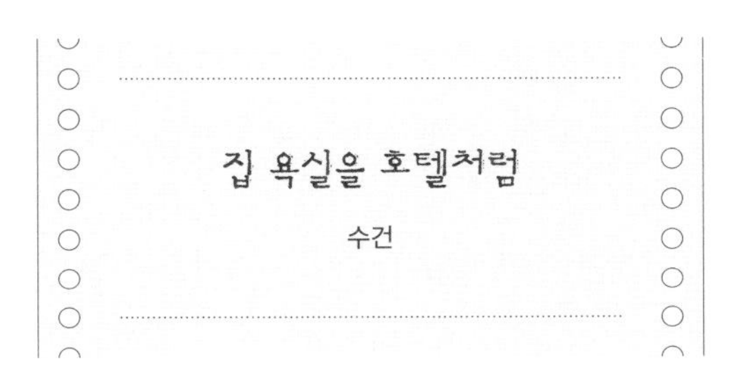

집 욕실을 호텔처럼

수건

모두가 쓰는 필수품이지만 돈 주고 사는 경우는 드문 것이 바로 수건이다. 집에 있는 수건 대부분이 동창회 등 행사에서 받은 기념품일 것이다. 덕분에 색도 다르고, 사이즈도 다르고, 질감도 다르다. 아마도 수건 회사들의 주요 고객은 일반 소비자가 아닌 대한민국 모임 총무들이 아닐까?

수건을 쇼핑해야겠다고 느낀 순간이 있다. 하얀 수건들로 채워진 호텔 욕실에서 정갈한 느낌을 받았을 때다. 할리우드 영화에서 벼락출세한 주인공이 특급호텔에 투숙하며 부자 놀이를 하는 장면을 떠올려보면, 늘 하얀 수건들이 등장한다. 대부분 샤워를 마치고 나오는 주인공이 몸에 두르고 나온다. 미국에는 행사 후에 수건을 주는 문화가 없는 걸까? 미국 영화나 드라마를 보면 늘 흰색이나 회색 등 무채색의 커다란 수건만 쓰는 것 같다. 네이버에 검색해 보니 십

수 년 전 정말 이런 질문을 한 사람이 있었다! 다만 답변은 '수건 사은품은 공짜를 좋아하는 한국에만 있다'는 냉소적인 것이었다.

인테리어가 대중화되면서 집 꾸미기를 취미로 가진 사람들이 많아졌다. 그중 욕실은 호텔, 리조트처럼 모던한 디자인을 선호하는 사람들이 많다. 모던한 인테리어에는 아무래도 기념품으로 받아서 색과 디자인이 천차만별인 수건들보다, 무채색으로 통일된 수건들이 어울리기 마련이다. 그렇다고 기존에 있는 수건들을 모두 버리기도 쉽지 않다. 기념품으로 받은 수건이지만 한국 섬유산업의 세계적인 기술력을 증명하듯이 내구성이 강하다. 보통 몇 년은 너끈하게 사용할 수 있으므로 아무래도 아까울 수밖에 없다. 이런 이유로 수건을 구매하는 데는 심리적 장벽이 크다. 처음으로 독립해서 자신만의 공간을 가지게 되거나, 결혼 후 신혼집 꾸미기 등 새 출발을 하지 않는 한 어렵다. 나도 결혼하면서 처음으로 돈 주고 수건을 사보았다.

수건을 돈 주고 사야 하는 건 인테리어 효과 때문만은 아니다. 당연한 말이지만, 수건도 수명이 있다. 오래된 수건은 표면이 거칠어져 피부에 상처를 낼 수도 있고, 흡수력이 떨어진다. 무엇보다 결정적으로 박테리아가 증식할 위험이 크다. 수건 회사의 마케팅일지 모르지만 수건은 1~2년마다 교체해야 한다고 한다. 집에 있는 10년 전 돌잔치 기념 수건이 무색하게 의외로 교체 주기가 매우 짧다.

포털에 수건을 검색하면 연관검색어에 '호텔 수건'이 뜨고, 수많은 온라인 쇼핑몰에서 호텔 수건 패키지를 판매하고 있다. 주로 흰색, 회색 등 무채색 위주의 40수 이상의 수건들을 판매한다. 수건을 사려고 마음먹으면 30수, 40수 등의 표현이 나오는데, 숫자가 높을수록 실이 가늘어서 같은 면적을 더 촘촘하게 채운 수건이라고 생각하면 된다. 숫자가 높은 것은 흡수력이 좋고 더 포근한 느낌이 들지만 실이 가늘어서 내구성이 떨어지고, 숫자가 낮은 것은 실이 두꺼워서 내구성은 튼튼하지만 흡수력은 떨어진다. 흔히 말하는 특급 호텔 수건은 보통 40수라고 생각하면 된다.

신혼집 욕실 선반에 가득한 회색의 수건들을 볼 때면, 샤워부스도 없는 작은 욕실이지만 정갈하게 관리된 공간의 느낌이 들어서 좋았다. 다만 호텔처럼 흰색 수건을 사지 않은 이유는, 도저히 빨래를 감당할 자신이 없었기 때문이다. 아무래도 때가 덜 타는 회색 수건이 더 오래 쓸 수 있을 것 같았다. 가끔 회사 행사 같은 곳에서 받아오는 기념품 수건은 색이 맞으면 욕실에서 쓰고 초록색이나 주황색처럼 색이 튀는 것은 아깝지만 걸레로 사용했다.

수건 색을 회색으로 통일하는 것 말고도 좀 더 멋을

"돌돌 말아서 수건을 두려면
조금 더 번거롭긴 하다.
하지만 그쯤이야."

부려보기 위해, 특급 호텔처럼 수건을 돌돌 말아서 보관했다. 물론 일반적으로 평평하게 접는 것보다는 빨래 개는 일이 번거롭긴 했지만, 돌돌 말린 수건을 샤워 후 집어 들면 조금 더 상쾌한 기분이 들었다. 일상의 소소한 허세 부리기지만, 돈 한 푼 들지 않았다.

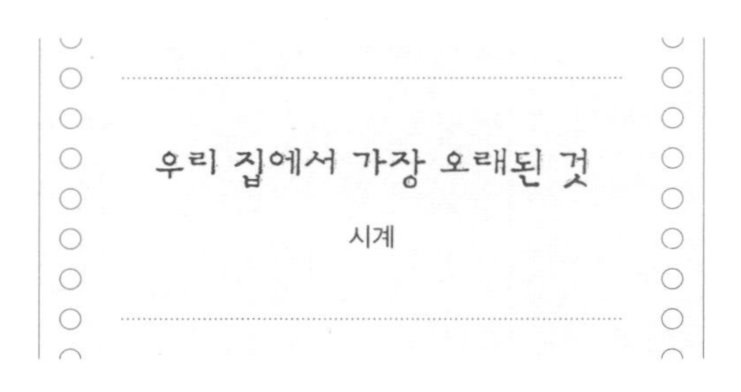

우리 집에서 가장 오래된 것

시계

우리 집엔 방마다 시계가 있다. 유별난 것인지는 모르겠지만, 심지어 화장실에도 있어서 어딜 가든지 시계를 볼 수 있다. 모양과 구매 시기는 다 다르고, 디지털도 있고 아날로그도 있다. 하지만 공통점이 있다. 한번 사면 정말 오래 쓴다. 기술의 발달로 고장이 안 나는 것인지 모르겠지만, 이렇게나 구매 주기가 길어서야 시계 회사가 걱정될 정도다.

스마트폰으로 시간을 확인하고, 스마트워치가 내 수면 상태까지 관리해 주는 세상이다. 하지만 내가 우리 집 시계들에 바라는 것은 묵묵히 시간을 알려주는 것뿐이다. 방마다 시간이 달라서 그렇지 나름 제 역할을 잘 해내고 있다.

그중 가장 자주 보는 시계는 안방 침대 옆에 있는, 무선충전기 기능도 있는 LED 우드 시계다. 결혼 전 무선충전이 가능한 스마트폰을 살 때 같이 구매한 제품으로, 당시에는 꽤 인기가 있는 인테리어 소품이었다. 직사각형 나무토막 같은 모양에 LED로 시계와 날짜, 온도를 알려준다. 충전 속도는 느리지만 잘 때 스마트폰을 올려두면 출근 즈음에는 충전이 완료된다.

은은한 주황빛으로 시간을 표시하기 때문에 새벽에 잠에서 깼을 때 스마트폰의 밝은 액정에 눈이 부시지 않고도 시간을 확인할 수 있다. 다만 알람 기능이 불안정해 내가 몇 번 지각을 하게 만들기도 했다. 어느 날 시계 알람이 제대로 울리지 않아 숙면을 취하고 말았고, 개운하게 일어나니 이미 출근 시간을 한참 넘긴 뒤였다. 그날을 생각하면 아직도 온몸의 털이 곤두서는 것 같다.

거실에 있는 LED 시계는 일명 '국민 시계'라고 불린다. 결혼할 때 백화점 웨딩 멤버십에 가입해서 사은품으로 받았다. 신혼집 집들이에 가면 항상 있는 것을 보니, 국민 시계라는 명성이 이해가 된다. 대부분 결혼할 때 참여한 이벤트에서 받았다고들 한다. 사은품으로 받은 제품이라 크게 기대하지 않았지만, 고장도 안 나고 활용성도 높다. 밤에 불을 꺼도 스탠드 등을 켜놓은 것처럼 밝다. 사실 이건 장점이자 단점이라고도 할 수 있는데, 시간을 또렷하게 확인할 수 있지만 불을 끄고 텔레비전을 볼 때는 방해가 된다. 밝기를 조절할 수는 있지만 가장 어둡게 설정해도 매우 밝은 편이다.

"부모님 댁에 있던 시계.
두 분 혼수로 장만한 물건이라니,
나에게도 형뻘이다."

빛 공해라는 건 이럴 때 쓰는 말인가.

또 하나 아쉬운 점은 USB로 전원을 연결해야 하는데, 선을 깔끔하게 처리하기가 어렵다. 오죽하면 맘카페에 이 시계의 선을 예쁘게 처리하는 방법을 따로 정리한 글이 있을 정도다. 차라리 교체 주기가 짧아지더라도 건전지로 전원공급을 하면 어땠을까 한다. 그러면 나처럼 정리 못하는 사람도 예쁘게 사용할 수 있지 않았을까?

우리 집 화장실을 지키고 있는 시계는 실리콘 방수시계다. 1초가 소중한 아침 출근 준비를 위해 구매했다. 나의 아침은 침대 옆 시계를 보며 시작되는데, '5분만 더'를 외치며 뭉그적대다가 시계가 최후의 마지노선을 가리키면 간신히 일어난다. 졸린 눈을 비비며 샤워를 하러 들어가면 따뜻한 물로 샤워하다가 긴장이 풀려 허둥지둥하기 일쑤다.

이럴 때 샤워기 옆에 붙어 있는 실리콘 방수시계가 지각을 막아준다. 샤워할 때 볼 수 있는 시계가 있으면 좋겠다는 생각에 인터넷을 검색하다 득템했다. 가격이 만 원도 되지 않고, 디자인과 색상도 다양해서 취향에 맞춰서 구매할 수 있다. 화장실에 습기가 많으니 금방 고장 나지 않을까 걱정했는데, 3년 가까이 고장 없이 잘 쓰고 있다.

부모님 댁에는 프레임은 나무로 되어 있고, 숫자는 로마자로 표기된 벽걸이시계가 있었다. 얼마 전에 고장이 났는지 멈춰버렸다. 마침 집을 수리하면서 대청소 겸 짐 정리를 하고 있었는데, 버리려는 것을 말렸다. 요즘 레트로 유행에 딱 맞는 느낌이라 고쳐서 우리 집에 데려오기로 했다.

알고 보니 내가 태어나기도 전에 만들어진 것으로, 부모님이 결혼하실 때 혼수로 구매한 시계라고 했다. 옛날 시계라 초침 소리가 너무 커서 안방에서 먼 작은방에 걸어두긴 했지만, 5만 원이 넘는 수리비가 아깝지 않았다. 2대째 물려받은 시계를 집에 걸어두니 뭔가 영화 같아서 SNS에 허세를 부리고 싶은 걸 간신히 참았다. 무엇보다도 우리 집에서 가장 오래된 것이 내가 아니어서 기쁘다.

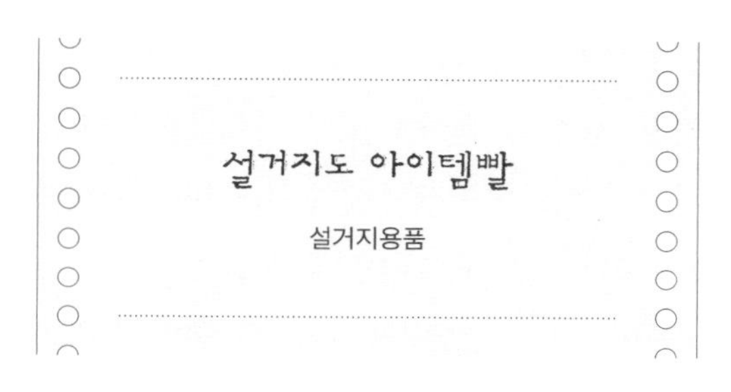

"손에 물 안 묻히게 해줄게."

프러포즈 중에서도 가장 식상한 멘트가 아닌가 싶다. 하지만 달리 고전이겠는가? 나도 써먹었고, 덕분에 결혼에 성공했다. 총각 때도 나름 착한 아들 노릇한다며 설거지를 하긴 했지만, 정말 새 발의 피였던 모양이다. 끊임없이 나오는 설거지를 볼 때마다 다시 한번 어머님께 감사함을 느꼈다.

설거지로 사람의 성격을 엿볼 수 있기도 하다. 내가 설거지를 하면 속도는 빠르지만 가끔 기름때가 덜 빠져 미끈거리는 접시도 나오고, 심할 때는 음식물의 흔적이 남아 있기도 하다. 그에 반해 아내는 차분하고 성실한 성격답게 시간은 오래 걸리지만 모든 접시에서 윤이 난다. 빠르고 부실한 설거지에 대해 변명하자면, 분명 물에 씻을 때는 깨끗해 보였다. 그리고 설거지만큼 허리를 혹사하는 것도 없기에 본능적으로 서두르게 된다.

게임도, 청소도, 육아도 모두 아이템빨이라고 하는데, 사실 설거지야말로 아이템빨이다. 수세미와 세제만 있으면 되지 않느냐고? 설거지 아이템에 관심을 가지면 신세계가 펼쳐진다. 여러 번의 집들이를 포함, 몇 년의 '슬기로운 주방 생활'을 통해 검증받은 몇 가지 주방용품을 소개하려 한다.

첫 번째는 '자동 개폐형 싱크대 배수구 커버'다. 이름이 길지만, 달리 설명할 방법이 없다. 제품명 그대로 배수구 커버인데, 평상시에는 뚜껑이 닫혀 있고 물의 압력 등으로 자동으로 열리는 제품이다. 굳이 이런 복잡한 걸 쓸 필요가 있을까 싶지만, 배수구 냄새에 고생했다면 저 제품의 위대함을 알 수 있다. 배수구에서 올라오는 악취부터, 배수구 망에 걸려 있는 음식물 쓰레기 냄새도 막아준다. 주방 살림 마스터이신 장모님이 주신 회심의 선물이기도 했다.

다음은 '세제 일체형 싱크대 청소솔'이다. 다이소에서 아이쇼핑을 하다가 발견한 아이디어 상품인데, 싱크대 청소용품 업계를 뒤집어 놓은 혁신적인 아이템이라고 생각한다. 한 손에 움켜잡을 수 있는 크기의 청소솔로, 몸통에 세제를 넣으면 솔을 문지르며 청소할 때 필요한 만큼 세제가 흘러나와서 매우 편리하다. 싱크대는 며칠만 청소를 안 해도 물때와 곰팡이가 피기 때문에 자주 청소하는 게 중요한데, 이

청소솔 덕분에 쉽게 할 수 있었다.

주방 매트도 있으면 좋다. 설거지를 하고 나면 발바닥이 생각보다 아픈데, 주방 매트를 깔고는 고통이 사라졌다. 개인차가 있겠지만, 나처럼 배가 좀 나온 아저씨에게는 필수품이다. 몸이 무거운 만큼 하중이 더해지기 때문이다. 디자인도 다양해 취향에 맞출 수 있다. 내가 설거지하는 데 필요한 물건이니 이 정도는 내 취향에 맞춰서 사겠다고 당당히 말할 수 있다(하지만 아직 남심을 저격하는 디자인은 발견하지 못했다). PVC 재질이 발이 편하고 방수가 돼 잘 쓰고 있다.

설거지 뒤엔 늘 주방이 물로 흥건하다. 힘차게 수세미를 돌리다 보면 바닥에 물이 잔뜩 튀기 때문이다. 이미 지친 상태에서 바닥 물기까지 닦는 것이 참 힘들었는데, 싱크대 물막이를 쓰고 나서는 바닥에 물이 튀는 것을 막을 수 있었다. 실리콘 형태로 되어 있어 가볍고 설치도 쉽다. 무엇보다 투명 재질로 되어 있는 것을 구매하면 주방인테리어를 해치지도 않는다. 가격도 대부분 만 원을 넘기지 않는다.

음식물 처리기 광고에 나온 것처럼, 많은 남편이 음식물 쓰레기 처리를 담당하고 있다. 나도 하고 있는데, 홈쇼핑에서 음식물 처리기가 나올 때마다 눈여겨보고 있다. 하지만 주변에서 쓰는 사람을 아직 많이 보지 못했고, 너무 비싸기도 해서 언감생심 구경만 하고 있다. 대신 얼마 전 밀폐식

"싱크대 청소솔.
요리의 끝은 설거지이고,
설거지의 끝은 싱크대 정리다."

음식물 쓰레기통을 구매했다. 기존에는 남는 비닐봉지에 모아서 버리고 있었는데, 시간이 지나면 파리가 꼬이고 악취가 나기도 했다. 밀폐식 음식물 쓰레기통은 악취와 벌레를 막아준다. 다만 청소가 번거로워 호불호가 갈린다. 하지만 비닐봉지보다는 왠지 환경적으로 더 좋지 않을까 하는 느낌이 들어서 좋다. 아직 음식물 쓰레기통이 더 환경친화적이라는 근거는 찾지 못했지만 말이다.

이렇게 쓰고 보니 무슨 집안일을 도맡아 척척 해내는 것 같지만, 아내 입장에서는 한 50점쯤 줄 수 있는 남편이 아닐까. 서당 개도 3년이면 풍월을 읊는다는데, 나도 주방생활을 3년 정도 했으니 어깨에 힘주고 잘난 척을 좀 해봤다. 그리고 언젠가는 식기세척기와 음식물 처리기를 사고 싶다.

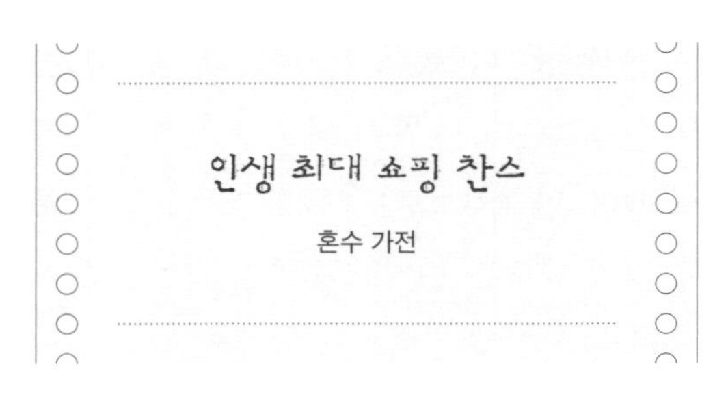

미국의 블랙프라이데이(추수감사절 다음 날, 11월 마지막 주 금요일)를 일컬어 지상 최대의 쇼핑 찬스라고 한다. 미국뿐만 아니라 전 세계적으로 중국의 광군제(11월 11일), 유럽의 박싱데이(크리스마스 다음 날), 그리고 온라인 쇼핑을 대상으로 한 사이버먼데이(추수감사절 다음 주 월요일)까지 다양한 쇼핑 기회들이 있다. 지상 최대의 쇼핑 찬스가 블랙프라이데이라면, 인생 최대의 쇼핑 찬스는 언제일까? 아마도 결혼하고 혼수를 장만할 때가 아닐까. 신혼집의 넓고 좁음을 떠나, 둘만의 공간을 하나씩 채워간다는 즐거움을 느낄 수 있다.

마치 하얀 도화지를 앞에 두고 그림을 그리려는 아이의 마음과 같다고 할까? 우리의 신혼집은 공간이 좁으니 꼭 필요한 것만 사고, 될 수 있으면 있던 것을 활용하기로 했다. 꼭 필요한 것이 무엇인지 서로의 생각을 이야기했는데, 나의 경우는 텔레비전과 건조기였다. 다시 생각해도 혼수 중에 가장 잘 쓰고 있다.

우선 텔레비전에 대해 이야기하자면, 처음에는 신혼집에 텔레비전을 두지 않기로 했었다. 텔레비전이 없는 자리는 음악과 책이 채우리라 생각했다. 서로의 음악 취향을 확인하고, 책을 돌려 읽으며 의견을 나누는 로맨스 영화 속 신혼집처럼 될 것 같았다. 그러나 한편으로는 걱정도 많았다. 월드컵 중계는 어떻게 보지? 넷플릭스는 계속 휴대전화로 봐야 하나? 결정적으로 텔레비전이 없는 적막함을 감당하기 어려울 것 같았다. 결국 사기로 마음먹었다.

그럼 어떤 텔레비전을 사야 할까? 내가 선택한 기준은 '크기 → 가성비 → 최신 기술' 순이었다. 언제 다시 텔레비전을 살 수 있을지 모르니 이왕이면 가장 큰 텔레비전을 사고 싶었다. 그렇다고 1000만 원이 넘는 최신의 제품까지는 능력이 안 되니, 나온 지 1~2년 되는 상품 위주로 검색했다.

당시 75인치 텔레비전이 인기를 끌고 있어 65인치 텔레비전은 꽤 싸게 팔고 있었다. 리뷰들을 찾아보면서 브랜드와 사이즈를 결정한 뒤, 어디서 구매할지를 결정했다. 텔레비전은 해외 직구로 구매하는 것이 국내에서 사는 것보다 훨씬 저렴하기 때문에 국내 오픈마켓에서 운영하는 해외구매 서비스에서 구매했다. 국내 배송 업체를 통해 설치까지

할 수 있었다.

그리고 건조기를 사게 된 이유를 말하자면, 동료였던 가전 MD의 추천 때문이었다. 그 친구는 삶은 건조기가 있기 전과 후로 나뉜다면서, 결혼하고 몇 년 지나서야 건조기를 구매했는데 너무 편해서 더 빨리 구매하지 않은 걸 후회한다고 했다. 그 말을 듣는데 인류의 발전에 세탁기가 지대한 역할을 했다는 기사가 떠올랐다. 그리고 신혼집에 합류시키기로 결정했다.

건조기는 세탁기와 같은 브랜드를 사 직렬로 연결하면 공간을 효율적으로 사용할 수 있다고 해서, 국내 유명 브랜드에서 세탁기와 함께 구매하기로 했다. 세탁기와 건조기 세트를 구매할 수 있는 곳은 크게 네 종류로 나눌 수 있다. 해당 전자제품 브랜드의 로드샵, 하이마트 같은 전자제품 전문샵, 백화점 가전매장, 그리고 온라인 쇼핑몰 등이다. 온라인의 가격 경쟁력을 오프라인이 당해낼 수 없는 것은 확실하다. 대신 자기에게 맞는 상품을 알아서 찾고, 가격을 비교하며 선택해야 하는 스트레스가 있다.

오프라인으로 살 경우 프로모션의 활용 등을 통해 온라인 쇼핑몰만큼은 아니지만 어느 정도 저렴하게 구매할 수 있다. 그리고 오프라인 구매의 장점은 아무래도 직접 판매사원의 설명을 듣고 추천제품을 살 수 있기 때문에 안심이 된다는 점이다. 결론적으로 위의 네 곳 중 어디를 택해도 후회할 필요가 없다.

좁은 신혼집일지라도 필수품만 넣으면 너무 삭막할 것 같아서 각자의 기호품을 한 개씩만 가져오기로 했다. 절대 포기하지 못할 것들만 가져오기로 했는데 아내는 발레바(발레 연습을 위한 기구)였고 나는 책상이었다. 모던하게 꾸민 신혼집 책상에 앉아 커피를 마시며 책을 읽는 모습을 꿈꾸던 것이 무색하게도 책상은 지금 처치 곤란의 애물단지이고, 발레 바는 옷걸이로 아주 잘 쓰고 있다. 역시 살아보기 전에는 모른다.

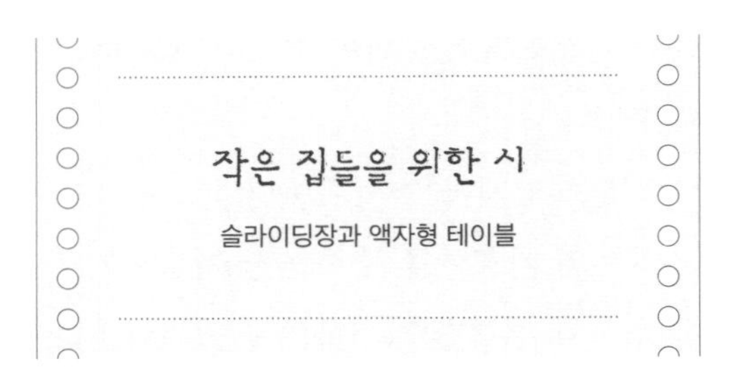

작은 집들을 위한 시

슬라이딩장과 액자형 테이블

새내기 대학생 시절 한창 술자리가 무르익을 때쯤이면 늘 지하철 막차를 타러 빠져나와야 했다. 그때는 학교 근처에서 자취하는 친구가 참 부러웠다. 늦게까지 술을 먹을 수 있다는 것이 가장 큰 이유였지만, 아무도 뭐라고 하지 않을 나만의 공간이 있다는 것도 부러웠다. 대부분의 남자 대학생 자취방은 술병이 나뒹굴고 퀴퀴한 냄새가 나는 곳이 많았지만 말이다. 나중에 혼자 살게 되면 청소도 자주 하고 그럴싸하게 꾸미겠다고 다짐했지만, 결국 그 후 십수 년 뒤 결혼할 때까지 독립을 못했다.

원룸에서 자취하는 대학생부터 작은 신혼집에서 첫 출발을 하는 신혼부부까지 대부분 처음 독립을 할 때는 작은 공간에서 시작하게 된다. 나의 신혼집도 방 하나 딸린 아담한 공간이었다. 신혼집을 계약하고 나서 '어떻게 하면 저

작은 공간을 넓게 사용할 수 있을 것인가'를 고민했다. 큰 집을 구하면 간단히 해결되는 일이지만, 서울에서 집을 구할 때는 원하는 바를 대부분 포기하게 된다.

평면도를 두고 이리저리 가구 배치를 해보았지만 쉽지 않았다. 일단 오래된 아파트라 수납공간 자체가 없었다. 가스레인지 옆에 바로 세탁기가 위치했으며, 베란다로 가려면 소파를 타고 넘어가야 했다. 하나 있는 방에 침대를 넣으니 문이 반만 열렸다. 가뜩이나 난 덩치가 큰데, 과식이라도 하는 날에는 안방 출입을 못 하는 참사가 벌어질 것 같았다. 그래서 과감하게 모든 문(여닫이)을 떼버리고, 공간을 최대한 효율적으로 쓸 수 있는 아이템들을 배치했다. 그중 가장 반응이 좋았던 아이템을 소개한다.

집들이에 왔던 손님들이 많이 이야기하는 것은 거실에 붙박이장처럼 있는 '거울 슬라이딩장'이었다. 거실이라고 부르기에는 조금 작은 공간이었는데, 거기에 옷도 보관해야 했다. 총각 시절엔 행거에 그냥 옷을 보관했는데, 살 때는 분명 행복을 주었던 옷이 너무나 답답하게 느껴졌다. 심지어 새벽에 행거가 쓰러져 자다가 옷더미에 깔리는 봉변을 당한 적도 있다. 그때 독립하게 된다면 꼭 옷장을 사리라 다짐했다.

생각보다 옷장은 공간을 많이 차지한다. 좁은 공간을 최대한 활용하려면 미닫이문이 달린 옷장이 효율적이다.

'슬라이딩장'이라고 검색하면 나오는데, 공간을 효율적으로 쓸 수 있을 뿐만 아니라 미닫이문에 포인트를 주면 집 안 분위기를 살려준다. 나는 미닫이문에 거울이 부착된 것을 구매했는데, 작은 공간을 두 배로 넓어 보이게 해주는 효과가 있었다. 3통짜리 슬라이딩장의 모든 문에 거울을 붙이고 싶었다. 하지만 과하다는 아내의 만류로 한 개만 붙였는데, 좋은 선택이었던 것 같다. 자칫 부담스러울 수 있기 때문이다. 갤러리나 스튜디오가 아닌 가정집에는 한두 개 정도의 거울이면 충분한 것 같다. 단, 슬라이딩장은 단점이 있다. 이사할 때나 버릴 때 번거롭다는 것이다. 옷장을 해체하고 다시 조립할 때 이사업체에서 추가 비용을 요구하기 일쑤고, 버릴 때는 폐기물 처리 비용을 지불해야 한다.

두 번째 아이템은 '액자형 테이블'이다. 나는 그 테이블 회사의 영업사원도 아니지만, 이미 몇몇 친구에게 구매를 종용했을 만큼 만족도가 크다. 그림 액자에 접이식 다리가 달려 있다고 생각하면 되는데, 심플한 이미지부터 화초나 명화까지 다양한 그림을 선택할 수 있다. 무엇보다 식탁을 놓기 어려운 공간에서 매우 활용도가 높고, 텔레비전이나 노트북을 보며 밥을 먹기에도 좋다. 라면을 하나 끓여 먹어도 맨바닥에 놓고 먹는 것보다 멋들어진 액자형 테이블을 펴서 먹으면 더 맛있게 느껴진다. 물론 기분 탓이겠지만.

집을 좀 더 분위기 있게 만들어주는 것도 장점이다. 그림을 하나 사서 벽에 걸어 놓으려면 생각보다 품이 많이 든다. 어떤 그림을 어디서 구매할 것인지 알아봐야 하며, 벽에 거는 방법도 많은 고민이 필요하다. 그런 의미에서 인테리어를 위해 그림을 사는 것보다 액자형 테이블을 구매하는 것은 좋은 대안이라고 생각한다. 카페처럼 대형 그림을 벽에 기대어 놓은 느낌이 나기 때문이다. 쓰기도 편해서, 고급 식탁이 있더라도 접이식 테이블에서 더 많이 식사하게 될 것이라고 자신한다.

신혼집을 구할 때 청춘 드라마의 "수많은 불빛에 내 몸 하나 뉘일 곳이 없다"라는 카피를 보고 크게 공감했던 적이 있다. 저 많은 집 중 내가 살 곳 구하는 것이 왜 이리 어려운지 한탄하기도 했다. 발품 끝에 구한 곳은 숲이 가까이 있지만, 나와 동갑인 낡고 좁은 곳이었다. 매일 숲을 산책하겠노라 야무진 꿈을 꾸며, 녹물과 약한 수압, 좁은 공간을 무릅쓰고 입주했다. 일상에 지쳐 산책은 한 달에 한 번꼴로 나갔지만, 좁고 낡은 공간은 안락했다. 살아보니 집 크기가 중요한 것이 아니었다. 그곳에서 어떻게 사느냐가 중요했다. 그리고 작게 시작한다고 끝까지 작으리란 법도 없고 말이다.

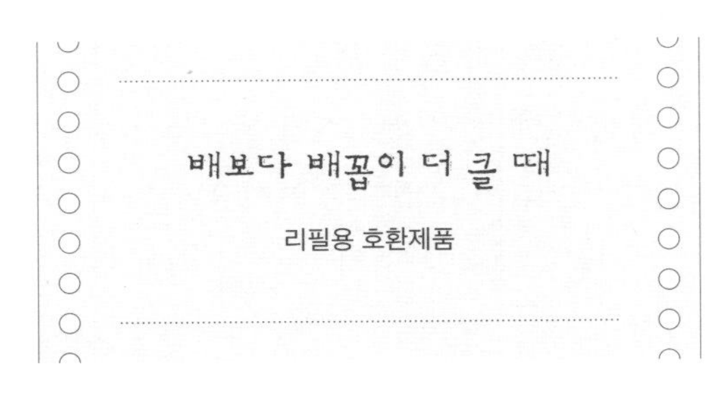

배보다 배꼽이 더 클 때

리필용 호환제품

"배보다 배꼽이 더 크다."

이보다 더 완벽하게 들어맞는 표현이 있을까. 샀다고 끝이 아니었다. 공기청정기를 샀더니 1년에 두 번은 몇만 원짜리 필터를 사야 하고, 음파 진동 칫솔은 칫솔모에 기술이 집약된 모양인지 칫솔모 하나 살 돈으로 평범한 칫솔을 스무 개는 살 수 있다. 그렇다고 안 살 수는 없다. 비싼 돈 주고 산 제품들인데 소모품 때문에 묵혀둘 수는 없지 않은가. 이렇게 된 이상 계속 그 돈을 내고 쓸 수밖에 없다. 살 때는 몰랐는데, 마치 휴대전화 약정처럼 족쇄를 찬 것 같다.

나처럼 리필에 들이는 비용이 아깝다고 생각하는 사람이 많았던 모양이다. 몇몇 선구자는 그것을 사업으로 만들었다. 제조사가 공식적으로 판매하는 제품은 아니지만, 모양과 기능이 비슷해 '호환'이 가능한 리필용품이 판매되고 있었다. 그런 제품들을 따로 지칭할 만한 단어는 없는 것 같아 그냥 '호환제품'이라고 칭하겠다. 이런 호환제품은 공식제품보다 가격이 저렴한 건 물론이고 추가적인 기능을 가진 경우도 있다. 리필에 들어가는 비용이 너무 비싸다고 생각하는 나 같은 사람들에겐 매우 감사할 일이다. 이걸 만든 사람도 시작은 나 같은 생각이었을 텐데, 역시 사업은 아무나 하는 게 아닌가 보다.

처음으로 구매한 호환제품은 공기청정기 필터였다. 우리 집 공기청정기는 심플한 디자인으로 인기를 끌고 있는 중국 제품이었는데, 재작년 미세먼지로 고생할 때 구매했다. 이거 하나면 이제 미세먼지 걱정은 끝났나 싶었는데, 안에 있는 필터를 주기적으로 갈아줘야 한단다. 필터를 닦아서 쓰려 했더니 그러면 필터가 망가져 공기청정기가 제 기능을 못 한다고 한다. 결국 필터를 사려고 알아보니 해외배송이라서 배송비도 많이 들고 필터 가격도 비싼 편이었다. 무엇보다 앞으로 이걸 몇 개나 더 사야 하나 싶었다. 그러다 '호환'이라는 단어를 발견했다.

포털에서 공기청정기 필터를 검색하면 나오는 상품은 '공식'과 '호환'으로 나뉜다. 그런데 호환제품이 더 많다. 역시 대한민국 만세다. 심지어 공식 필터의 기능을 개선한 제품들도 있다. 그 제품으로 샀다. 다만 추천하기 조심스러운 것은 써보니 차이를 알 수 없었기 때문이다. 공식제품과 비교해 더 좋은지 나쁜지를 알 수가 없다. 내가 공기의 질을 스스로 측정할 수 있는 것도 아니고 말이다. 그냥 호환필터를 써도 기계는 잘 돌아가는 것 같고, 악취 등의 큰 부작용이 없으니 만족할 뿐이다.

이렇게 호환제품에 눈을 뜨게 되어 집의 다른 리필용품도 호환제품으로 바꾸기 시작했다. 생각보다 다양한 제품이 있었는데, 음파 진동 칫솔도 그중 하나다. 치과를 두려워하는 나로서는 구매만족도가 매우 높은 제품이었는데, 단 하나의 단점이 칫솔모를 교체할 때 비용이 상당히 들어간다는 것이었다. 칫솔모 호환제품은 가격이 정품의 10분의 1밖에 안 하는 것부터 반값 정도인 것까지 가격 차이가 큰 편이었는데, 품질에 차이가 있는 모양이었다. 싼 걸 사서 자주 교체하자는 마음으로 가장 저렴한 것을 샀는데, 기존 공식 리필제품과 차이를 알기 어려웠다. 치과의사 정도 되면 차이를 느낄 수도 있겠지만, 일반인인 나로서는 나쁘지 않은 것 같아서 아내 것까지 호환제품으로 교체했다.

쓰레기통까지도 리필이 필요했다. 딸이 태어난 후 기저귀 때문에 냄새 차단 및 편의성으로 유명한 제품을 샀는데, 내부에 전용 비닐봉지를 설치하는 식이라 그 비닐봉지를 다 쓰면 새로 사야 했다. 아기의 기저귀는 엄청난 속도로 쌓여갔고 비닐봉지는 순식간에 동이 났는데, 이게 생각보다 비쌌다. 이것도 호환제품이 있었다. 직접 몸에 닿는 것도, 건강 관련 제품도 아니다 보니 호환제품에 대한 심리적 장벽도 거의 없었다. 그래서인지 판매하는 업체도 많은 편이었다. 쓰레기통 제조사에서는 가격의 불리함을 뛰어넘을 강력한 차별성을 만들기 위해 골머리를 앓고 있을 것 같다.

조금 다른 방향의 호환제품도 있다. 에스프레소 커피 캡슐이다. 호환제품을 찾는 이유는 보통 가격 때문인데, 커피 캡슐은 다양한 맛 때문에 호환제품을 산다. 커피를 좋아하는 아내가 수유 때문에 디카페인 커피를 원했는데, 종류가 많지 않았다. 호환제품을 찾아보니 다양한 디카페인 제품을 구매할 수 있었다. 심지어 스타벅스에서도 호환제품이 나온다. 플랫폼을 바탕으로 취향을 확장해 나가는 재미가 있었다.

내가 원하는 호환제품도 있다. 대용량 디퓨저 리필액이다. 디퓨저 리필액은 지금도 판매하고 있지만, 500밀리리터 이하의 작은 용량의 제품밖에 없다. 그때마다 구매하는 것도 귀찮고, 가격도 1.5리터 이상의 대용량으로 저렴하게 판매하면 나처럼 찾는 사람이 많을 것 같다. 이 기회에 사업이나 해볼까? 안 된다. 결혼하며 아내에게 평생 남의 밑에서 일하기로 약속했기 때문이다. 물론 회사에서 써준다는 전제

"호환 커피 캡슐도
다양한 맛과 향이 있다."

가 붙는다. 명줄이 남의 손에 달린 것이 바로 직장인의 비애다. 내겐 사업할 용기가 없으니 누군가 이걸 보고 만들어 팔아줬으면 좋겠다. 제일 먼저 구매할 것을 약속할 수 있다.

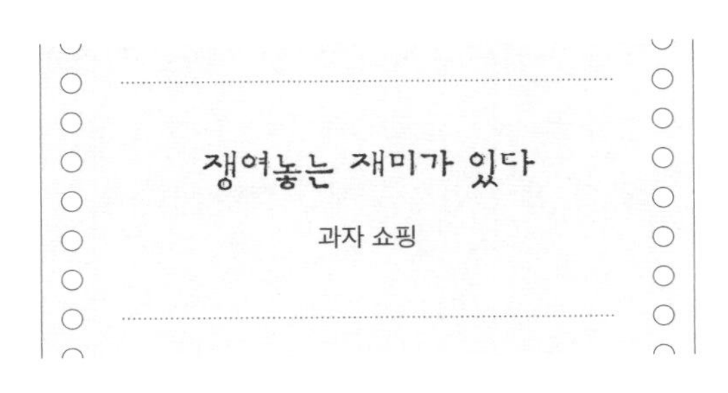

쟁여놓는 재미가 있다

과자 쇼핑

육아 퇴근 후 주어지는 두어 시간의 자유시간. 그동안 우리 부부는 텔레비전 앞에 앉아 본격적으로 과자를 먹는다. 살찐다는 죄의식이 동반되지만, 밥벌이와 육아에서 비로소 자유로워지는 순간에 달콤 짭짤한 과자가 빠질 수 없다.

박세리 씨가 예능프로에 나와 자기 집의 팬트리를 공개한 순간, 나와 아내는 동시에 부러움의 탄성을 질렀다. 각종 과자 등 주전부리가 정갈하게 정리되어 있었는데, 층고가 높고 골프장처럼 넓은 집보다 팬트리가 더 인상적이었을 정도였다. 텔레비전을 끄고 우리 집 팬트리(라고 하기에는 누추하지만)를 보니 휑한 것이 마음마저 쓸쓸해지는 것 같았다. 뭔가 저기에 차곡차곡 쌓여 있어야 마음이 편안해질 것 같았다.

과자를 사는 것도 엄연히 쇼핑이며, 그중에서 매우 즐

거운 쪽에 속한다. 우선 준비물이 하나 있으면 좋다. 소파에 앉아 텔레비전을 보며 봉지째 과자를 먹으면 부스러기가 이리저리 떨어지기 마련이다. 소파 틈새에 과자가 들어가면 치우기도 어려워 짜증이 난다. 이럴 때 과자 전용 용기를 하나 정해서 쓰면 좋다. 새로 살 것도 없이, 주방에 남는 대형 밀폐 용기 정도면 좋다. 여러 종류의 과자를 달거나 짠 맛에 맞춰 한 번에 세팅할 수 있는 것도 장점이다. 다만 먹는 양은 늘어날 수 있다. 한 종류의 과자만 먹다 보면 질려 멈출 가능성이 있는데, 단맛과 짠맛을 번갈아 먹게 되면 늘 많이 먹게 된다.

1000원짜리 한 장에 짱구와 새우깡을 동시에 살 수 있었던 시대는 이제 역사책에 나와야 할 것만 같다. 만 원짜리 한 장 들고 가도 과자를 몇 개 사지 못할 만큼 과자값이 비싸졌다. 그나마 마트에서 1+1 행사나 세일 등을 할 때 대용량 제품을 저렴하게 쟁여두곤 한다. 아내는 건강을 위해 지나친 과자 섭취를 피해야 한다고 말하지만, 마트에서 장을 볼 때면 나는 몰래 과자 몇 개를 자연스럽게 카트에 넣는다. 특히 마트마다 PB 상품으로 대용량 스테디셀러 과자를 판매하고 있으므로, 한 번 다녀오면 든든하게 비축해 둘 수 있다. 하지만 요즘에는 코로나로 인해 모바일로 마트 쇼핑을 하게 되는 바람에, 아내의 확인 없이는 과자를 장바구니에

담을 수 없게 되어버렸다.

가끔 과자는 다 떨어졌는데 입은 심심하고, 마트 갈 일은 요원한 날이 있다. 그럴 때는 편의점 PB 과자를 산다. 마트보다는 덜하지만 대부분 편의점마다 몇 가지 인기 과자를 PB 상품으로 생산해 저렴하게 판매하고 있다. 계란과자, 사브레, 짱구 등 유명 과자들이 비슷한 맛으로 그대로 나오거나, 상표명에도 그대로 쓰이는 것을 보면 문득 '과자에는 저작권이 없나?'라는 생각이 든다.

찾아보니 예전에 유명 초콜릿 막대 과자의 원조가 누구인지 소송이 붙었다는 기사를 보았다. 과자 제조법은 특허가 있지만 실제 그 권리를 보호받기는 쉽지 않다고 한다. 구성성분에 조금만 차이가 있어도 다른 제품이라고 주장할 수 있다는 것이다. 그러고 보니 누가 봐도 같은 모양의 과자이지만 회사마다 약간씩 맛의 차이가 있었다. 속사정을 알고 나니 뭔가 자본주의의 쓴맛이 느껴지는 듯하지만, 소비자 처지에서는 같은 과자라도 본인의 입맛에 더 맞는 브랜드의 과자를 찾을 기회가 아닌가 싶기도 하다. 어차피 과자 회사는 대기업이고, 가뜩이나 과대포장으로 과자 양이 줄고 있는 와중에 특허 싸움하는 그들 걱정해 줄 이유가 없다.

우리 집의 주전부리 취향은 철저히 나뉜다. 먹어봐서 아는 맛, 즉 전통을 중시하는 나와 트렌디한 과자에 과감하게 도전하는 아내. 아내는 나의 과자 취향을 할아버지 취향이라고 놀린다. 내가 주로 찾는 과자인 맛동산, 오징어땅콩, 왕소라 등이 장인어른, 장모님의 취향과 비슷하기 때문이다.

특히 요즘은 누룽지에 심취해 있다. 일부 마트에서 개별 포장이 되어 있는 누룽지를 판매하는데, 얇아서 끓여 먹지 않고 그냥 씹어 먹어도 이가 아프지 않다. 식빵보다 약간 작은 크기로 노릇하게 구워져서 고소함과 포만감을 동시에 준다. 약간의 마케팅이 더해지고 변주가 더해진다면 시장에 센세이션한 반응을 이끌어낼 수 있을 것 같다. 예를 들면 바삭함과 달콤함이 만난 '초코시나몬 누룽지'같이 말이다.

예능프로 《놀면 뭐하니》의 유재석의 부캐인 지미유는 본인에게 히트곡을 예견할 수 있는 일명 'TOP100 귀'가 있다고 한다. 그렇다면 나에게는 메가히트 과자의 떡잎을 알아볼 수 있는 'TOP100 입'이 있다고 이야기하고 싶다. 몇 년 전 '허니버터칩' 열풍과 최근 이슈였던 '꼬북칩 초코츄러스'의 흥행을 모두 예측했다. 과자 회사에서 일하는 분이 보면 코웃음 칠 일이겠지만 말이다. 오늘도 고단한 하루 끝에 누룽지를 씹으며, 과자 회사에서 신제품을 내게 가져와 성공을 점치는 장면이나 상상해야겠다.

가심비와 가성비 사이

제목 : 그냥 사야 됨

내용 : 필요는 없지만 가지고 있으면 기분 좋은 제품

근래에 본 것 중 가장 공감 가는 리뷰다. 속사정은 이렇다. 나이키에서 신발을 사면 빨간 상자에 담아서 준다. 이른바 '슈박스'. 나이키 공식 온라인 스토어에 이 슈박스 모양으로 디자인한 신발주머니를 판매한 적이 있다. 허를 찔린 듯한 마음으로 나도 모르게 썸네일을 눌렀다. 전혀 필요 없긴 한데 너무 예쁘다! 이런 상품이 있으면 사고 말겠다는 내 마음을 어떻게 알고 만들었지? 나이키, 무서운 회사다. 근데 가격이 5만 5000원이다. 마음에 쏙 들긴 하는데 생각보다 비싼데? 도저히 살 명분이 없어서 망설이던 찰나에 신발주머니는 '품절'되었다. 황당했지만 이해가 된다. 이런 기쁨을

"가지고 있으면 기분이 좋으니,
보통 신발주머니보다
10배 비싼 값은 하는 셈이다."

주는 물건 앞에서 감히 망설이다니, 주인이 될 자격이 없다. 아쉬운 마음에 엄지손가락을 머뭇거리다 위의 리뷰를 발견했다. 비록 사지 못했지만 저 문장은 신발주머니를 보는 순간 느낀 나의 감정을 완벽하게 표현한 것 같다.

이런 걸 바로 팬덤이라고 할 수 있지 않을까? 나는 가수나 배우가 아니라 나이키의 팬이다. 그렇다고 내 모든 운동복이 나이키이거나 신발장 한가득 나이키 운동화가 있는 것은 아니다. 다만 취미가 나이키 공식 온라인 쇼핑몰을 주기적으로 들어가서 아이쇼핑을 하는 것이고, 굳이 일부러 나이키의 신상품을 찾아본다. 웬만한 베스트셀러 모델명을 꿰뚫고 있고, 나이키 팩토리아울렛은 살 게 없어도 지나치지 못한다. 신발이나 운동복을 사야 할 때면 당연히 1순위로 나이키부터 찾는다.

어릴 때부터 이랬던 건 아니다. 어릴 때는 부잣집 친구들이 나이키 운동화 신는 것을 보며 오히려 반감을 보인 적도 있었다. 고등학교 시절 에어맥스97, 에어포스 등을 신고 있는 친구들을 보며, 돈도 못 버는 주제에 비싼 신발 신고 다닌다고 개념 없다고 생각했다. 나름 부모님께 부담되지 말아야 한다고 생각했던 것 같다. 그리고 첫 월급으로 나이키 루나 러닝화와 샛노란 아스널 저지를 사면서 깨달았다. 나는 정말 나이키를 가지고 싶었다는 것을.

백화점에 입사했을 때도 나이키의 운동화를 너무나 좋아해서 나이키 담당 바이어가 되고 싶었다. 인턴을 하며 바이어들에 비하면 내가 아는 건 초보자 수준이라는 것을 깨닫게 되면서 진로를 마케팅 쪽으로 바꾸긴 했지만, 이후로도 취미의 대상으로 나이키를 더 즐겁게 공부했던 것 같다. 브랜드를 공부했다는 건 달리 말하면 그만큼 많은 아이템을 샀다는 것인데, 사실 실패도 많았다.

이런 실패를 바탕으로 감히 추천드린다. 나이키를 살 때는 베스트셀러를 사야 한다. 나이키엔 수많은 베스트셀러가 있고, 그 베스트셀러를 다양하게 바꿔서 신제품을 발매한다. 동일 모델을 다양한 컬러와 콜라보레이션으로 변주하는데, 사실 대부분 오리지널을 못 이긴다. 혹시 나이키 매장을 지나가다가 사람들이 줄 서 있는 장면을 봤다면 십중팔구 오리지널 베스트셀러가 입고되어 판매를 위한 추첨이 있는 날이다. 그런 제품들은 당연히 가격이 비싼 편이다. 하지만 1~2만 원 아끼자고 비슷한 컬러의 비슷한 디자인을 사면 결국 나중에 후회한다. 그냥 조금 비싸더라도 베스트셀러의 오리지널컬러 제품을 사는 것이 만족도가 높고, 가심비를 만족하는 쇼핑이 된다.

농구화를 좋아하는 나로서는 G드래곤이 원망스럽다. 그가 유행시킨 덕분에 이제 조던 신발을 구하려면 비싼 가격을 주고 리셀러에게 사야 한다. 그래서 이제 인기 있는 조던을 사는 것은 포기했다. 차라리 에어맥스 시리즈나 테일윈드79 같은 클래식한 스니커즈를 사고 있다. 테일윈드79 같은 경우는 정장에도 꽤 잘 어울린다. 물론 튀지 않는 컬러의 제품을 신어야겠지만 말이다.

하나 더, 나이키에서 마음에 드는 베스트셀러를 보면 거의 바로 사기를 추천한다. 공식 온라인 쇼핑몰에서는 장바구니에 담아두면 다음 방문 때는 거의 품절이다. 나 같은 호구들이 얼마나 많은 걸까. 품절되면 몇 년 뒤 재발매 때는 무조건 가격이 올라서 나온다. 《슬램덩크》의 서태웅이 신었던 조던5라는 농구화에 얽힌 슬픈 이야기로 예시를 들자면, 고등학교 때 조던5의 가격은 13만 원 가량이었다. 사려고 용돈을 모으던 중 품절되었다. 그로부터 거의 10년이 지나 말년병장일 때 다시 발매되었고 그때 가격은 15만 원가량이었다. 군인 세 달치 월급이었지만 지금 놓치면 또다시 몇 년을 기다려야 할 것 같아 바로 구매했다. 몇 년 후 다시 오리지널 버전이 나온 걸 봤는데 거의 20만 원에 육박했다. 나올 때마다 몇만 원씩 비싸지고 있다.

나이키의 단점을 말해 보라면 내구성이다. 경쟁 브랜드인 아디다스에 비하면 약한 느낌이다. 나의 육중한 몸무게를 탓하는 이들도 있으나, 나이키가 족족 밑창이 터져나가는 것에 비해 아디다스는 멀쩡하다는 사실로 답하겠다. 내가 아디다스 신을 때만 가벼울 리도 없고, 얼마 신지도 않은 신발이 망가지는 걸 볼 때마다 가슴이 아프다. 그래서 여러 종류를 사서 돌려 신는다. 여보, 이게 신발장에 내 운동화가 많은 이유에요.♡

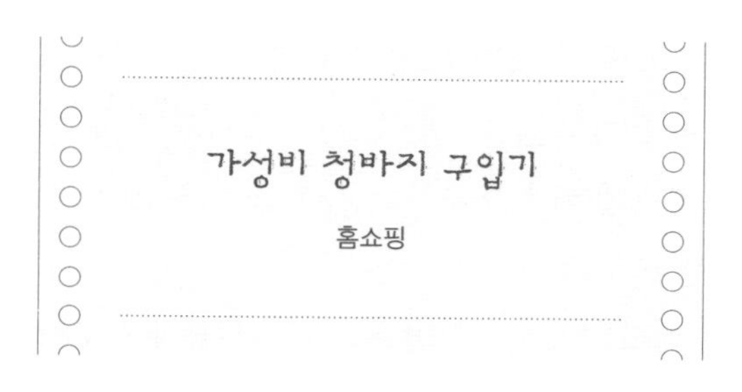

가성비 청바지 구입기

홈쇼핑

홈쇼핑의 판매전략은 매우 영리하다. 명절 전에는 갈비찜을 팔고, 명절 후에는 주부의 보상심리를 자극하는 명품을 판다. 주 고객인 중년 여성을 공략하기 위한 판매 상품과 사은품을 구성하고, 다른 채널 인기 프로그램의 종료 시간에 맞춘 편성전략을 기가 막히게 짜기도 한다. 우리 어머니가 홈쇼핑을 자주 이용하는 것은 다 영리한 마케팅 탓이라고만 생각했다.

아들 챙기시는 어머니 덕분에 겨울에는 패딩 코트, 여름에는 통풍이 잘 되는 재킷이 홈쇼핑에서 배송되어 왔다. 백화점에서 일하던 시절 어머니께 "아들이 백화점에 다니는데 언제까지 홈쇼핑 쓰실 거에요. 백화점에서 사드릴게요"라고 말씀드린 적도 있지만, 어머니는 홈쇼핑이 더 싸고 좋다고 하셨다. 덕분에 집에는 늘 연예인 얼굴이 프린팅된 돈가스와 갈비 등이 갖춰져 있었다. 유행하는 조리기구를 구매한 덕분에 가족들 다 같이 모여 고기를 구워 먹은 적도 많았다. 홈쇼핑에서 보내주는 사은품 덕분에 치약 등 세면도구는 늘 풍족했다.

어머니의 홈쇼핑 사랑은 대를 이어 내가 계승하게 되었다. 그간 어머니가 홈쇼핑을 구매했던 상품들이 꽤 만족스러웠기 때문이다. 특히 식품은 거의 후회가 없었다. 잘 먹었던 제품은 인터넷에서 다음 방송 일정을 알아본 후 기다렸다가 다시 구매할 정도였다. 조리기구의 경우는 패션처럼 유행을 탄다. 살 때는 10년은 너끈히 쓸 것 같은 아이디어 상품인데, 늘 수년 안에 더 개선된 상품이 나온다. 적외선으로 음식물을 굽는 '자이글', 통돌이 형태의 오븐 등 구매했을 때는 잘 활용하였으나 시간이 지나면 관심에서 멀어져 창고로 가는 제품들이 많았다.

그러나 옷만큼은 홈쇼핑에서 사는 일이 없을 거라고 생각했다. 아무래도 옷은 입어보고 사야 한다고 생각했기 때문이다. 샀는데 옷이 맞지 않으면 기장은 수선할 수 있지만 허벅지나 허리 같은 부분은 수선도 어렵고 수선 비용도 비싸다. 방송에서는 반품할 수 있다고 하지만 막상 옷을 받게 되면 반품하는 과정이 너무 귀찮아서 그냥 입고 말 것 같았다. 게다가 한 번 실패했던 경험이 컸다. 정장을 입고 근무하던 시절 신축성이 뛰어나고 통풍이 잘 된다는 기능성 정장을 구매한 적이 있었는데, 생각보다 불편했다. 늘 내가 입던 치수인데도 불편했는데, 내가 살이 쪘기 때문이 아니라 그냥 옷을 못 만들었기 때문이라고 생각했다. 다시금 '역시 옷은 입어보고 사야 해'라고 다짐했었다.

하지만 누군가 말했듯이 인간은 늘 같은 실수를 반복한다. 정장 구매 실패의 여운이 가실 무렵, 주말 밤에 이리저리 채널을 돌리다가 여름용 청바지를 판매하는 홈쇼핑 방송을 보게 되었다. 드라이아이스가 바지를 뚫고 나오는 장면을 보고는 채널을 돌릴 수가 없었다. 안 그래도 땀이 많아 여름에는 늘 고생인데, 저 바지만 있으면 해결될 것 같았다. 바로 주문을 하려던 찰나, 다행스럽게도 구매 실패의 추억이 떠올랐다. '이번에도 안 맞으면 어쩌지? 좀 더 알아보고 사야겠다!' 나의 쇼핑은 성장하고 있었다.

온라인으로 찾아보니 홈쇼핑에서 파는 청바지에 대한 리뷰는 정말 놀라울 정도로 적었다. 대부분의 리뷰가 "사주니 남편이 참 잘 입어요"라는 식이었다. 정작 바지를 입는 남편의 리뷰는 거의 찾아볼 수 없으니, 그들이 실제로 만족하는지도 알 수가 없었다. 결국 의존할 정보는 쇼호스트의 설명뿐이었다. 홈쇼핑의 청바지 판매 방송에서 하는 말은 대부분 비슷했다. 스판 재질이 들어 있어 안 입은 것같이 편하

"마약 중독보다 무서운

스판 중독.

이제 다른 옷을 입을 수가 없다."

고, 두 벌 정도를 챙겨줘서 어떤 옷에도 컬러를 맞출 수 있으며, 이것만 있으면 남편이 어디서 무시당하지 않을 것이며, 패션에 신경 쓰는 직장인 같아 보인다는 것을 강조했다. 청바지를 입을 당사자에게 파는 것이 아니라 청바지를 사줄 아내들에게 팔고 있었다. 이걸 사려고 방송을 보고 있으니 '내가 여성호르몬이 나오고 있나'라는 착각이 들기도 했다.

사실 상품은 좋아 보였다. 대부분 외국 브랜드의 라이선스를 받아 동남아나 중국에서 제작한 기능성 청바지였는데, 5만~7만 원 정도에 두세 벌 챙겨주는 상품 패키지가 많았다. 또 각 홈쇼핑 채널마다 독점 계약을 체결한 모양인지, 홈쇼핑마다 판매하는 브랜드가 모두 달랐다. 모두 스판이고, 색도 진한 색과 밝은 색이 섞여 있는 패키지였으며, 가격도 비슷하여 상품별로 큰 차이가 없어 가장 마음에 드는 색상을 기준으로 선택하기로 했다.

홈쇼핑을 몇 번 이용하면서 익힌 노하우대로, 현란한 효과음과 함께 강조되는 "수량 부족!"과 "매진!"에 흔들리지 않고 스마트폰으로 갖은 프로모션과 쿠폰을 적용해서 가격을 깎았다. 전화주문을 하면 정가를 다 내야 하지만, 스마트폰 앱을 통한 프로모션 참여, 멤버십 할인 등을 이용하면 더 저렴하게 살 수 있기 때문이다. 온라인 시장의 치열한 경쟁 덕에 생긴 혜택들인데, 기업은 아쉽겠지만 할인받는 재미가 쓸쓸하다.

그렇게 구매한 홈쇼핑 청바지는 정말 그해의 쇼핑 중 세 손가락에 꼽을 정도로 만족도가 높았다. 거짓말 조금 보태서 트레이닝복을 입은 것 같은 편안함에 시원한 재질이었다. 바짓단 길이가 조금 맞지 않았지만, 어차피 저렴한 옷이니 과감하게 가위로 잘랐더니 약간 요즘 유행에 맞는 청바지가 되었다.

얼마 전엔 인터넷에서 추억의 죠다쉬 청바지를 만 원대 가격으로 구매했다. 브랜드 라이선스를 통해 제작된 상품이었는데, 홈쇼핑을 통해 판매하다 남은 재고인 것 같았다. 받고 보니 길이도 잘 안 맞고 생각했던 핏도 아니었지만, 바짓단을 수선하여 잘 입고 다닌다. 무엇보다 그 바지를 입을 때마다 친구들에게 자랑하고 싶어진다. 비싸고 재질 좋은 명품은 아니지만, 재미있는 이야깃거리가 있는 쇼핑이니까.

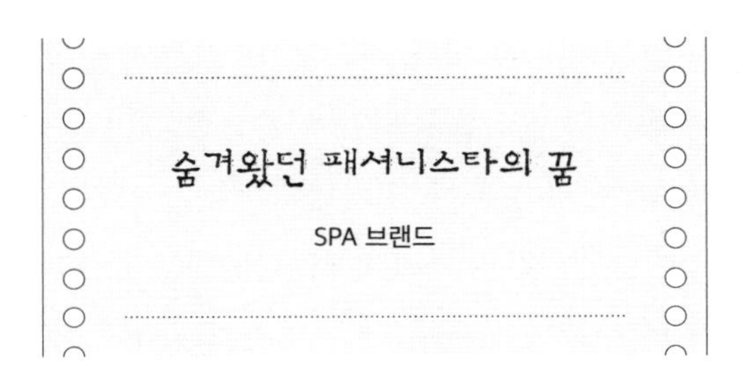

백화점에 다닌다 해도 거기서 파는 물건을 마음껏 살 수 있는 건 아니다. 나도 송민호처럼 머리부터 발끝까지 명품 패션 아이템으로 도배하고 싶다. 말로는 '저런 것까지 루이뷔통을 사야 해?'라고 했지만 실은 나도 사고 싶다. 그렇지만 이런 욕망은 꼭꼭 가슴속에 숨겨두고 있다.

티를 못 내는 이유는 두 가지 정도로 정리할 수 있다. 첫째, 통통하다. 아내 말을 빌리자면 '마르지 않았다'. 배 나온 통통한 아저씨가 패션을 좋아한다고 하면 조롱당하기 일쑤다. 미디어와 SNS 등에 나오는 패션피플들은 모조리 깡말랐다. 가끔 스타일리스트 몇 분 정도가 인간적인 풍채를 보여줄 뿐이다. 나도 마르고 싶다. 군살 없이 깡말라 니트를 입으면 바람에 펄럭이는 핏을 가지고 싶다. 시도를 해보지 않은 것은 아니지만, 서른 후반에 다다르자 포기했다. 다이어트를 하지 않는 것은 아니나, 나의 DNA는 깡마른 몸을 허락하지 않는다. 그냥 배라도 조금 들어가면 소원이 없겠다.

두 번째 이유는 돈이다. 가난하다는 이야기가 아니다. 다만 눈길이 가는 옷은 가격표에 상상 이상의 금액이 쓰여 있고, 잡지에 나오는 옷들은 애초에 가격 확인조차 할 필요가 없다. 왜 내 맘에 드는 것들은 늘 비싼 것인가! 내가 특출난 것을 바라는 것도 아니다. 깔끔하고, 남들이 보기에 크게 튀지 않지만 약간의 차별성이 있는 옷을 원했다. 그런데 알고 보니 그런 옷들이 비싼 것이었다. 그 약간의 다름. 그게 바로 명품이 가진 차이였다. 돈이 없는 것은 아니지만, 옷에 그 정도 돈을 쓸 수는 없었다. 정해진 규칙은 아니지만, 그냥 본능적으로 그랬다. 쇼핑의 심리적 장벽이라고 할까.

'평범한 직장인이 되었으니, 평범한 셔츠와 팬츠에 튀지 않는 재킷을 입고 늙어 가겠지'라고 생각할 때였다. 새빨간 색으로 큼지막하게 50퍼센트 할인을 알리고 있는 자라(ZARA)를 발견했다. 기존의 남성복에서 볼 수 없던 형형색색 셔츠부터, 해외 명품 브랜드에서나 볼 수 있던 디자인의 옷들이 가득했다. 더구나 가격은 기존 브랜드의 반값 정도였다. 나는 그때를 패셔니스타의 꿈을 가지게 된 순간으로 기억한다.

그 후로 10년이 흘렀다. 의류업계 종사자가 보면 비웃을 법하지만, 많은 돈을 SPA 브랜드에 썼다. 가격에 부담이 적으니, 모험적인 쇼핑을 해서 별로 입지도 못하고 버린 옷도 많다. 결혼하며 옷을 버릴 때는 눈물이 났다. 대략 봐도 월급의 4분의 1은 SPA 브랜드에 가져다 바친 것 같다. 수많은 실패 끝에 나만의 매뉴얼을 만들었다.

우선 사기 전에 원단, 즉 섬유를 본다. 특히 나 같은 하체 비만 체형은 스판 소재가 필수다. 면 100퍼센트, 울 100퍼센트의 좋은 원단이면 좋겠지만 적어도 엘라스탄이나 폴리우레탄, 폴리에스터 등이 2~5퍼센트 정도는 포함되어야 한다. 그리고 원산지도 본다. 가끔 보면 옷의 원산지가 이탈리아, 터키, 스페인, 포르투갈 등인 경우가 있다. 구매에 가산점이 붙는 곳들이다.

SPA 브랜드별로 분류하기도 한다. 우선 자라는 가장 트렌디한 디자인을 선보여서 좋다. 특히 가죽 재킷이나 아우터 등이 개성을 드러내기에 좋다. 다만 내구성은 약한 편이다. 신발의 경우 망가진 기억이 많아서 구매하지 않는다. 물론 내가 무거워서일 것이다. H&M에선 기본 패션 아이템을 저렴하게 살 수 있다. 특히 프리미엄코튼 라인으로 나오는 티셔츠는 나오자마자 큰 사이즈는 매진이다. 사이즈 라이벌이 있는 모양인데, 나보다 재빠른 것 같다. H&M은 세일을 기다려서 사는 것을 추천한다. 특이한 디자인들은 세일 막

바지에 무시무시한 할인율이 적용된다. 그럴 때 할로윈 파티 의상을 구매하면 좋다. 조커 분장에 쓸 녹색 정장을 2만 원대에 구매했던 기억이 있다.

고급 SPA 브랜드에서는 정장이나 코트같이 재질이 중요한 옷을 구매했다. 마시모두띠(Massimo Dutti)는 자라의 프리미엄 브랜드인데, 매장부터 고급스러운 인테리어와 향을 자랑한다. 원단이 스페인, 포르투갈 등에서 생산되어 품질이 좋지만 그만큼 가격대가 높다. 세일할 때 아니면 사지 않는다. 또한, 유럽의 마른 사람이 주 고객인지 팔다리 기장이 긴 편이라 늘 수선을 해야 한다. 약간 기분 나쁜 포인트다. COS는 H&M의 프리미엄 브랜드인데, 미니멀한 느낌이다. 디자인 계통이나 실리콘밸리 IT기업에 있는 사람들이 주로 입을 것 같은 무채색 위주의 옷이 많다. 가격대가 높은데 한국에 물량이 많이 없어서 맞는 사이즈 사기가 어렵다.

기능성은 한국 SPA 브랜드가 가장 좋은 것 같다. 나이가 들어감에 따라 기능성을 따지게 되는데, 여기서 기능성이란 스판, 냉감, 온열 세 가지다. 탑텐, SPAO, 데이즈, 에잇세컨즈 등 브랜드도 다양하다. 언젠가 기사에서 SPA 브랜드 판매 순위를 보다가 조금 놀랐다. 당연히 글로벌 브랜드가 상위권을 싹쓸이했을 줄 알았는데, 국내 브랜드들이 상위권을 차지했기 때문이다. 특히 이마트의 SPA 브랜드인 데이즈가 2위에 올라 있었는데(1위는 유니클로였다), 이건 조금 슬픈 이야기이기도 하다. 많은 아저씨들이 장 보다가 아내가 추천하는 옷을 산다는 뜻이기 때문이다.

SPA 브랜드들은 할인율이 커서 세일할 때가 구매 적기다. 나도 보통 그때 사는데, 가끔 마음에 드는 아이템은 매진될 것 같아 정가에 사기도 한다. 정가에 구매한 아이템들이 빨간색 세일 태그를 달고 있을 때가 가장 슬프다. 저렴하게 살 수 있는 걸 비싸게 사서가 아니다. 나름의 패션센스로 잘 팔릴 것이라 점찍은 상품이 팔리지 않았다는 사실이 슬픈 것이다. 마치 어디선가 매니저가 '패션센스? 훗 넌 아직 멀었어!'라고 비웃을 것 같다. 사실 그런 옷들이 집에 널렸었다. '사람들이 월급 어디다 써?'라고 물으면 옷 사는 데 썼다고 말하기 창피해서 술 사 마셨다고 거짓말했다.

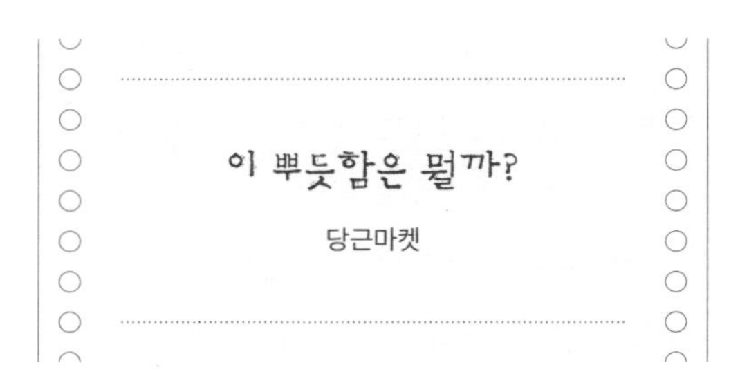

이 뿌듯함은 뭘까?

당근마켓

얼마 전까지 인터넷으로 중고거래를 하려면 네이버의 한 카페를 이용하는 경우가 대부분이었다. 다만 이곳은 연관검색어로 '사기꾼'이 뜰 정도로 악명이 높았는데, 얼마 전 동네를 중심으로 직거래만을 연결해 주는 '당근마켓'이라는 앱이 등장해서 중고거래 플랫폼을 평정해 버렸다. 얼마 전에는 당근마켓이 내로라하는 유통 채널을 제치고 쇼핑 앱 이용자 수 2위에 올랐다는 기사도 접했다. 그간 당근마켓을 통한 나의 중고거래들을 살펴보니 사람들이 열광하는 이유를 알 것도 같다.

나의 첫 번째 당근마켓 판매 물품은 농구화였다. 결론부터 말하자면 아직도 팔지 못했다. 신발은 특성상 오염되기 쉬워서 중고로 사기도 어렵고, 팔기도 어렵다. 그나마 깨끗하게 관리한 신발이라 해도 사이즈가 너무 다양하다. 어쩌다 운 좋게 마음에 드는 신발을 발견해도 사이즈가 맞지 않을 확률이 90퍼센트다. 적정 가격을 정하기도 어렵다. 가격을 정할 때 인기 선수가 신어 유명한 신발이고, 실내에서만 신어 상태가 좋으니 적어도 3만 원은 받아야겠다고 생각했지만 착각이었다. 결국 만 원까지 가격을 내렸지만 소용없었다. 그 후로 신발은 판매하지 않고 있다.

노하우가 있는지, 아내가 올린 물건은 잘 팔리는 편이다. 물건이 잘 팔리면 판매자의 매너점수가 올라 판매가 더 유리해져 선순환이 가능하다. 이제는 내 물건도 대신 팔아 달라고 부탁한다. 매출이 생기면 수수료도 주겠다고 했다. 아내가 가진 노하우의 핵심은 사진 찍는 법이었다. 하얀 벽지를 배경으로 흰색 식탁 위에 스탠드 조명을 비춰 팔 물건을 찍으니, 제법 카탈로그 사진 느낌이 났다. 그리고 구매자 문의가 왔을 때 빠른 응대도 중요하다고 했다. 매너 좋은 판매자가 되기 위한 기본 수칙이다.

당근마켓을 잘하는 아내 덕에 이사할 때 대형 가전제품도 쉽게 처분할 수 있었다. 냉장고와 에어컨을 당근마켓에 올렸는데 생각보다 금방 연락이 왔다. 따로 판매자가 링크를 걸지 않아도 용달트럭이나 설치 서비스 링크가 자동으로 걸려 있어서 거래하기 편했다. 모두 이사 전에 처분해서 짐 빼는 수고를 덜 수 있었다. 구매자들은 제품이 깨끗하다고 좋

"나의 호피무늬 백팩을
매고 다니실 여사님께
리스펙!"

아했다. 물론 거래 전 내가 열심히 닦은 덕분이었다.

의외의 거래 상대를 만나기도 했다. 몇 년 전 치기 어린 마음에 구매했던 화려한 호피무늬 백팩을 팔 때였다. 채팅 어투가 매끄럽지 않아 외국인인 줄 알았더니 중년의 여사님이었다. 가방이 상태도 좋고 예쁘다며 기분 좋게 메고 가시는 것을 보니 기분이 묘했다. 이제 내가 메기에는 너무 화려한 것 같아서 판매한 것인데 어머니뻘의 새 주인을 만나다니, 유행가 제목대로 '내 나이가 어때서'다.

당근마켓에서 아이쇼핑하는 재미도 있다. 얼마 전 적어도 20년은 돼 보이는 해적판 포켓 만화책을 판매하는 것을 발견했다. 개중에는 내가 즐겨 보던 추억의 만화도 있었다. 상자째 보관해 깨끗하고, 세트별 구색도 다 갖춰져 있는 백 권 상당의 가격이 몇십만 원대였다. 누가 그 돈을 주고 살까 싶기도 했지만, 오래된 만화책에 열광하는 마니아들이 분명 있을 것이다.

탈덕한 아이돌 팬이 자기가 가지고 있던 애장품을 판매하는 것도 흥미롭다. 앨범, 콘서트에 쓰던 응원봉, 각종 포스터 등 판매 상품은 다양하다. 몇몇은 아예 모두 묶어 패키지로 판매한다. 팬으로서 하나씩 모았던 것을 판매하는 사연이 궁금하지만, 그런 이야기를 적은 경우는 보지 못했다. 좋아하는 마음은 식었지만 그래도 한때 열광했던 스타에 대한 최소한의 의리를 지키는 것은 아닐까?

당근마켓에서 가장 잘 구한 제품은 신생아용 침대인데, '무료 나눔'으로 구했다. 신생아용 침대는 아기가 뒤집기를 시작하면 쓸 수 없기 때문에 사용 기간이 짧고, 부피가 커 자리를 많이 차지한다. 그래서 새 제품보다는 중고나 대여를 할 계획이었는데, 당근마켓에 무료 나눔으로 나온 것이다. 누가 채 갈세라 잽싸게 판매자에게 연락하고, 친구의 SUV를 빌려 가지러 갔다. 무료 나눔이지만 진짜 빈손으로 가면 안 될 것 같아 마카롱도 사갔다. 아내 대신 침대를 주러 나온 남편은 아내가 받지 말라고 했다며 거절했지만 억지로 쥐어주고 왔다.

그렇게 얻은 침대, 정말 잘 썼다. 그리고 우리 딸도 잘 자라서 뒤집기를 시작했다. 침대를 정리해야 할 때가 온 것이다. 무료 나눔으로 받은 물건이지만 그래도 만 원 정도에 팔까 잠시 고민을 했다. 하지만 도리가 아닌 것 같았다. 무언가 경건한 마음으로, 결국 무료 나눔으로 올렸다. 5분 만에 가져가겠다는 사람이 나타났다. 그쪽도 남편이 차를 빌려 가지러 오겠다고 했다. 남편과 함께 와 감사하다며 인사하는 임신부를 보는 아내가 후배를 보는 느낌이라고 했다. 과연 저 침대에서 몇 명의 아이가 자게 될까? 마치 동화 같은 이야기다.

그간 당근마켓으로 열심히 세간살이를 팔아 번 돈은 몇만 원 정도 된다. 언젠가 이 돈을 모아 새 차를 살 수 있을 거라며 웃었다. 그러다 며칠 전 자기계발 한답시고 듣는 영어 수업에 늦잠을 자서 못 가고 말았다. 얼추 계산을 해보니 하루치 수업비가 당근마켓으로 가방과 옷을 판 돈과 비슷해서 뭔가 허탈했다. 그때, 내가 당근마켓을 하는 이유가 돈을 버는 것만이 아니라는 생각이 들었다.

쇼핑은 단순히 돈을 지불하고 물건을 사는 게 다가 아니다. 살까 말까 수많은 고민과 정보 수집이 합쳐진 행위다. 중고거래에 올라온 모든 물건에는 '제가 열심히 고민해 산 물건'이라는 수식어가 달려 있는 셈이다. 내 물건이 팔린다는 것은 그저 돈 얼마를 버는 것을 뜻하지 않는다. 내가 골랐던 물건이 가치를 인정받고 또 다른 삶을 시작하는 것이다. 그냥 버려도 되는 플라스틱 신발 정리대를 약속을 잡고 열심히 닦아서 2000원에 팔았지만, 단지 1000원짜리 두 장을 벌기 위함은 아니었다. 출퇴근 지하철 비용도 안 되는 금액이지만 그 이상의 뿌듯함이 있었다. 이것이 내가 당근마켓을 하는 이유다.

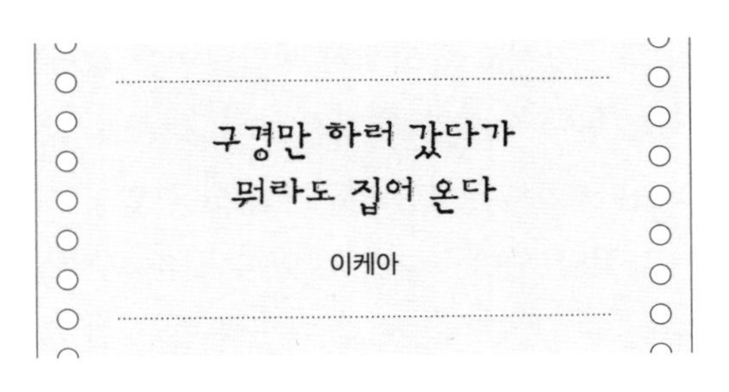

"그 사람 많고 먼 데를 왜 가는 거야? 우리 집이 이케아 쇼룸인데."

이케아 가자고 졸랐더니 아내가 한 말이다. 맞는 말이다. 각종 선반부터 식탁, 의자, 서랍장, 옷장, 수납박스, 쟁반, 식기 심지어 분리수거할 때 쓰는 파란색 비닐백조차 이케아 것이다. 나만 그렇진 않을 것이다. 유튜브 조회 수가 잘 나오는 아이템 중 하나가 이케아 관련 콘텐츠다. '이케아 가면 이거 사세요', '이케아 가구 조립하는 영상', 심지어 '이케아 음식 소개'까지! 국내 진출한 지 7년, 점포는 네 개뿐인데 다들 왜 이렇게 난리일까? 가보고, 사보고, 써보면 안다. 광고비 한 푼 받지 않고 이렇게 찬양하기도 어렵지만, 친구가 방을 꾸민다고 한다면 주저 없이 추천할 것이다. 가급적이면 인터넷으로 사지 말고 하루 시간 내서 쇼룸도 보고 구경도 하고 직접 써보고 고르라고 할 것이다. 이미 우리 집 가구 대부분은 이케아에서 구매한 것이지만, 가끔은 살 게 없어도 이케아에 가고는 한다. 쇼룸 구경하고 레스토랑에서 밥 먹고 하면 하루가 금방 간다. 뭔가 필요해서 간 것은 아니지만 빈손으로 나온 적도 없다.

이케아 나들이의 8할은 쇼룸인데, 《구해줘 홈즈》 보듯 남의 집 구경하는 것 같은 재미가 있다. 소비자가 멀리서 차를 몰고 와서 줄지어 제품을 하나씩 구경하다니, 정말 편하게 영업한다. '다국적 회사의 마케팅에 놀아나는 꼴이라니!'라고 힐난할 수 없다. 나 역시 줄을 서서 쇼룸을 구경하고 있기 때문이다. 신혼집 꾸밀 때 줄자를 들고 다니면서 대량으로 구매할 때는 쾌감이 느껴질 정도였다. 어느 정도 집이 다 채워진 지금에는 주로 식기나 인테리어 소품을 눈여겨본다. 집의 가구가 대부분 이케아 것이다 보니 집의 톤앤매너를 맞추기 위해서 소품도 이케아에서 구매하게 된다.

레스토랑을 가는 것도 이케아 나들이의 중요한 재미 요소다. 각 점포별로 레스토랑 위치가 다른데, 내가 주로 이용하는 광명점은 쇼룸 중간에 있다. 레스토랑에 도착할 때쯤 다리가 아파지기도 하고, 음식도 먹음직스럽다. 대학교 학생식당처럼 원하는 음식들을 가져와서 한꺼번에 결제하는 시스템인데, 각 음식이 저렴하다고 덮어놓고 담다 보면

"제일 잘 산 걸 꼽자면 배드트레이다.
침대 위에서 쓰라는 본래 용도와는 달리,
개다리밥상이 되었지만."

두 명이 3만 원을 금방 넘긴다. 생각보다 양도 많아 남기기 쉬우니 절제가 필요한 곳이다. 김치볶음밥, 돈가스 같은 현지화된 메뉴부터 미트볼, 연어필렛처럼 스웨덴 느낌이 나는 음식까지 다양하다. 사실 끝내주게 맛있다고 할 수는 없겠지만 가성비가 좋고, 남은 쇼룸 구경하려면 든든히 먹어두는 걸 추천한다.

나의 쇼핑 감독관인 아내도 이케아에 가면 속수무책이다. 내가 신나서 뭔가를 집어 들고 오면 아내가 냉철하게 필요성을 검토하는데, 이케아에서는 비장의 무기가 있다. '여기서 산 물건들은 다 잘 쓰고 있어'라는 말인데, 이건 아내도 인정한다. 반대를 무릅쓰고 샀던 베드트레이는 식탁을 무력화하고 텔레비전 앞에서 매끼를 책임지고 있으며, 3단 트롤리는 '국민 육아템'이라는 명성답게 최고의 육아도우미다. 여기에 쟁반, 유리컵, 식기, 조리도구, 식탁, 수납장 등. 스웨덴 기업의 아이덴티티를 드러내는 발음하기 어려운 제품명은 기억하지 못하지만, 곳곳에서 제 역할을 다하고 있다.

요즘 사고 싶은 것은 '스트란드몬'이라는 윙체어인데, 어린이용과 성인용을 같이 사서 아이와 함께 앉아 있는 장면을 상상한다. 이왕이면 색도 맞춰서 사면 정말 귀여울 것 같은데 이미 꽉 차 있는 우리 집엔 도저히 둘 곳이 없다. 이케아 쇼룸에 전시된 의자에 앉아보면 하나같이 편한데, 이는 당연한 결과다. 넓은 곳을 구경하다 보면 당연히 다리가 아프고 그때 앉게 되니 세계 최고로 편한 의자처럼 느껴지는 거다. 마치 시장이 최고의 반찬인 것처럼 말이다.

쇼핑을 끝내고 결제를 하고 나면 도저히 지나칠 수 없는 카페테리아가 있다. 핫도그는 800원이고, 제일 비싼 메뉴인 마르게리타 피자도 3000원으로 매우 저렴하다. 이케아 식품코너에서 팔고 있는 것들을 간단히 조리해서 파는 곳인데, 매번 홀린 듯 먹게 된다. 주로 찾는 메뉴는 핫도그와 소프트아이스크림이다. 직원들이 따로 주문이 없어도 알아서 만들어놓을 만큼 시그니처 메뉴인데, 가격 대비 품질이 매우 좋다. 사실 그 정도로는 표현이 안 되고 값을 두 배는 더 받아도 될 것 같다는 표현이 어울린다. 이 카페테리아의 모든 메뉴를 섭렵하고 나서 '비쌀수록 반드시 맛있는 것은 아니다'라는 교훈을 얻었다. 개인적인 입맛 차이가 있겠지만 거의 두 배 가격인 칠리핫도그보다 그냥 핫도그가 맛있고, 비공식 아이스크림 소믈리에인 아내는 1500원짜리 요거트 아이스크림보다 400원짜리 소프트아이스크림이 더 낫다고 한다. 그러므로 이케아 쇼핑의 마지막은 핫도그+소프트아이스크림으로 마무리하시길 권한다. 말 그대로 1200원의 행복이다.

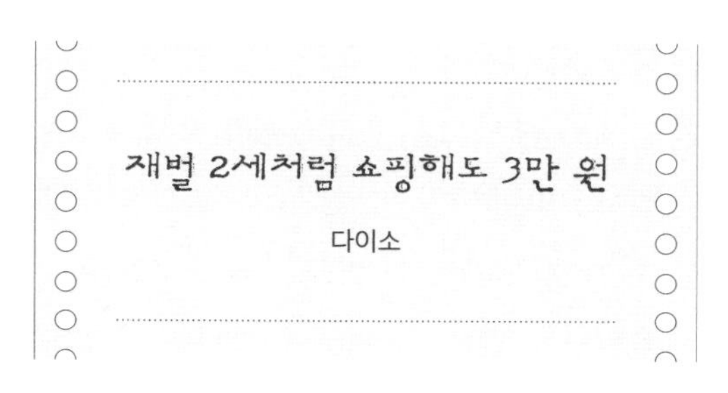

재벌 2세처럼 쇼핑해도 3만 원

다이소

영화 〈귀여운 여인〉에서 리처드 기어가 남긴 명대사가 있다. 베벌리힐스의 상점 직원들이 여자주인공인 줄리아 로버츠를 무시하자 그곳에서 무지막지한 쇼핑을 한다. 그리고 굽신거리며 결제를 종용하는 매니저에게 말한다.

“좀 더 확실한 아부가 필요합니다(We need some major sucking up).”

아마도 이 장면이 영화나 드라마에 나오는 재벌 2세들 쇼핑 장면의 클리셰가 된 것 같다. 하지만 백화점에서 일하는 동안 실제로 싹 쓸어 담으며 쇼핑하는 재벌 2세는 보지 못했다. 명품 브랜드 매장에 중국 부자가 와서 매우 비싼 모델을 색깔별로 모두 샀다는 풍문이 들리기도 했지만, 역시 직접 확인하진 못했다. 그래도 쇼핑할 때 재벌 2세와 우리의 차이점을 꼽아본다면, 필요한 것이 있으면 큰 고민 없이 사고 본다는 데 있지 않을까.

그런 면에서 다이소는 우리가 재벌 2세의 쇼핑을 경험해 볼 수 있는 곳이다. 다양한 카테고리의 상품들이 잔뜩 쌓여 있는데, 하나씩 보다 보면 반드시 처음 사려고 계획했던 것 외에 필요하다고 생각되는 것들이 생긴다. 평소에 설거지 한 번 하지 않던 분들도 주방용품 매대에 놓인 수세미를 보면 필요하다고 느끼게 되는 것 같다. 백화점에서 그런 식으로 쇼핑하면 패가망신하겠지만, 다이소에서는 그냥 담으면 된다. 다양한 생활잡화를 대부분 1000원에 살 수 있고, 아무리 비싸 봐야 5000원이다. 게다가 대부분 생필품이어서 언젠가는 쓰게 된다.

다이소를 즐겨 찾는 이유는 저렴함도 있지만, 재미있는 아이디어 상품들을 발견하는 재미도 있다. 한국에서 아이디어 생활용품들이 가장 먼저 등장하는 곳은 온라인이고, 그다음이 다이소인 것 같다. 일상의 꿀팁을 얻고자 한다면 다이소를 가라. 청소부터 수납까지 모든 아이디어 상품이 모여 있다.

그중 내가 즐겨 찾는 곳은 신발 관련 상품 매대다. 신발 관리를 위한 아이템들을 저렴하게 구매할 수 있기 때문이다. 운동화 클리너, 구두 모양을 잡아주는 슈트리, 실리콘 운동화 끈은 그중 가장 추천하는 상품이다. 특히 슈트리의 경우 5000원짜리 상품이 백화점에서 파는 몇만 원짜리 상품과 비교해도 품질이 떨어지지 않는다. 사실 이런 예는 다이소에 상당히 많다. 사람들이 '쇼핑의 끝은 다이소'라고 말하는 이유다.

신혼집 살림을 마련할 때도 다이소의 도움을 많이 받았다. 독립하기 전에 본가에서 쓰던 화려한 무늬의 그릇들과 수저 세트에 질려, 결혼할 때는 모던하고 미니멀한 것들을 필요한 만큼만 두려고 했다. 막상 그런 디자인을 찾기가 어려웠는데 다이소에서 찾았다. 때 안 타는 그레이 톤의 머그잔과 찬기 세트를 구매하는 데 몇만 원 들지 않았다. 가격도 가격이지만, 디자인이 마음에 들었다. 다이소의 매력은 가성비에만 있는 게 아니다.

가끔은 이케아를 뛰어넘는 가성비 가구도 득템할 수 있다. 플라스틱 신발장과 패브릭 리빙박스는 다이소에서 판매하는 물건을 뛰어넘는 가성비 상품을 보지 못했다. 이 상품들은 다이소에서 가장 비싼 축에 드는 5000원짜리 상품인데, 쓰임새는 가격의 몇 배는 된다고 생각한다. 다만 매장별로 갖춰둔 상품의 종류와 재고가 달라서 될 수 있으면 큰 매장으로 가서 다양한 종류의 아이템을 비교해 가며 구매하는 것을 추천한다.

이렇게 쓰고 있으니 내가 마치 다이소 홍보실 직원이

“미니멀한 기본템은
멀리 갈 필요 없이
다이소에 가면 있다.”

된 것 같은데, 다이소의 아쉬운 점을 꼽아보자면 팬시상품의 퀄리티다. 사실 퀄리티를 기대하면 안 되는 가격이긴 하다. 하지만 팬시상품의 경우 팬들의 마음을 저격할 만한 퀄리티가 기본인데 가끔 기괴한 상품들이 보이곤 한다. 〈토이스토리〉 인형이나 마블의 캐릭터를 이용한 제품 중 정말 디즈니가 허락한 것이 맞나 싶은 것들이 있다. 비율이 무너진 버즈 인형이라든지, 조악한 마블 저금통 등. 기획한 직원분께는 죄송하지만, 다이소에 제가 기대하는 것은 가성비 생활용품이지, 팬심을 자극하는 상품은 아닙니다.

결제의 희열

(전)백화점 직원 본격 쇼핑 에세이

초판 1쇄 인쇄일 2021년 12월 3일
초판 1쇄 발행일 2021년 12월 10일

지은이 한재동

펴낸이 김효형
펴낸곳 (주)눌와
등록번호 1999.7.26. 제10-1795호
주소 서울시 마포구 월드컵북로16길 51, 2층
전화 02-3143-4633
팩스 02-3143-4631
페이스북 www.facebook.com/nulwabook
블로그 blog.naver.com/nulwa
전자우편 nulwa@naver.com
편집 김선미, 김지수, 임준호
디자인 이현주

책임 편집 김지수
표지·본문 디자인 로컬앤드
일러스트레이션 최중훈

제작 진행 공간
인쇄 현대문예
제본 장항피앤비

ⓒ한재동, 2021
ISBN 979-11-89074-43-2 (03810)

※이 책 내용의 전부 또는 일부를 재사용하려면 반드시 저작권자와 눌와 양측의 동의를 받아야 합니다.
※책값은 뒤표지에 표시되어 있습니다.